KB154366

고집쟁이 작가 루이자

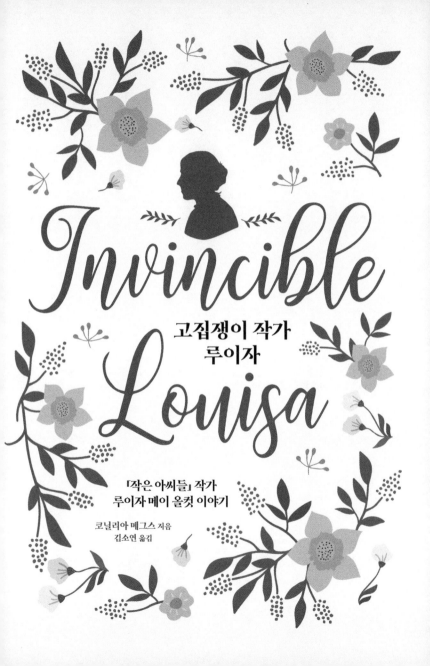

Invincible
Louisa

고집쟁이 작가
루이자

『작은 아씨들』 작가
루이자 메이 올컷 이야기

코닐리아 메그스 지음
김소연 옮김

◆ 차례 ◆

천하무적이 되려면

◆

곽아람

(기자 · 『바람과 함께, 스칼렛』 저자)

My little books are read and valued in a way I never dreamed of(내 작은 책들이 내가 결코 꿈 꾼 적 없는 방식으로 읽히고 소중히 여겨진다).

내가 글을 쓰는 부엌 식탁 뒤 냉장고엔 이 문장이 적힌 자석이 붙어 있다. 2017년 봄 미국 매사추세츠주 콩코드에 있는 루이자 메이 올컷(1832~1888) 기념관 오처드 하우스를 찾았을 때 기념품점에서 사 온 것이다. 여러 좋은 문장 중 굳이 이 문장을 고른 것은 이 문장이 곧 나의 이야기이기 때문이다. 여섯 권의 책을 썼지만, 나는 아직도 내 작은 책들이 남에게 읽힌다는 것이 꿈처럼 느껴진다. 온 세상이 다 아는 작가인 올컷도 그런 생각을 했구나! 자그마한 친밀감을 느끼며 자석을 집어들었다.

이 문장은 『작은 아씨들』에서 올컷의 분신 조에 관한 이야기로 이렇게 변주된다.

사랑과 슬픔으로 깨달음을 얻은 조는 단편소설들을 써서 세상에 내보냈다. 조의 글들은 스스로 친구를 만들고 조에게도 친구를 만들어주었으며 겸손한 방랑자들에게 자비로운 세상을 열어주었다. 조의 글들은 사람들에게 따뜻하게 환영받았고, 행운이 함께한 성실한 아이들처럼 어머니인 조에게 상당한 돈을 벌어다주었다.

세상에 나가 자수성가하며 작가에게 돈을 벌어주는 자그마하고 다정한 이야기들. 장면을 상상하면 한 편의 동화 같지만 기실 이는 올컷에게 치열한 밥벌이의 현장이었다. 오처드 하우스를 방문한 그날, 가이드 낸시 할머니는 올컷의 방을 보여주며 "루이자에겐 가난이 글을 쓰도록 하는 가장 큰 자극제였다"고 말했다. 창과 창 사이의 기둥에 아버지가 만들어준 자그마한 책상에서 그는 하루 열네 시간씩 썼다. 대단한 속필이었다고 한다.

1934년 뉴베리 상 수상작으로 미국 아동문학가 코닐리아 린드 메그스(1884~1973)가 1933년 쓴 『고집쟁이 작가 루이자Invincible Louisa』는 루이자 올컷 평전이자 가난하지만 꿈을 잃지 않았던 강인한 소녀가 고난을 딛고 꿈을 이루어가는 과정에 대한 이야기다. 또한 가난이 어떻게 창작의 연료가 되는가에 대한 이야기이기도 하다.

　이상주의자이자 사회운동가인 아버지, 여성인권과 노예해방을 위해 싸웠던 어머니 사이에서 네 자매의 둘째로 태어난 루이자는 '여자다운' 성격의 언니 애나와는 달리 수줍음이 많았고, 또래 친구들과 함께 있으면 눈에 띌 정도로 키가 커서 마음이 불편했다. 지나치게 크고 투박한 손과 발이 부담스러웠다. '어깨가 둥글고 길쭉한 팔다리를 주체하지 못하는 수망아지' 같은 소녀인 『작은 아씨들』의 조는 루이자 자신을 투사한 것이다. 조는 남북전쟁에 종군 목사로 참전해 집을 비운 아버지를 대신해 집안의 가장 노릇을 해야 한다는 책임감을 느끼며, 자신이 사내아이가 아니라는 사실을 종종 아쉬워하는데, 이 역시 루이자의 캐릭터를 그대로 반영한다.

　사회주의적 공동체의 이상에 가득 찼지만 돈 버는 재주는 없었던 아버지를 대신해 가족의 생계를 책임져야겠다 결심하는 어린 소녀. 가족을 위해 조와 마찬가지로 단 하나의 아름다움이었던 풍성한 긴 머리를 잘라 팔까 고민하는 이 당찬 소녀의 이야기에서 가장 감동적인 장면은 열한 살 루이자가 힐사이드의 작은 방에서 가족 모두의 소원을 이뤄주겠다고 결심하는 순간이다.

아버지는 몸을 회복했지만 혼란스러운 세상 물정을 잘 몰랐고, 어머니는 생계 문제로 지쳐 있었다. 애나도 자기만의 야망이 있었고, 엘리자베스는 몸이 허약했다. 어린 메이는 아름다운 것들을 좋아하는 열정적인 아이로 커가고 있었다. 모두 서로를 진심으로 사랑하는 가족에게 루이자가 느낀 사랑과 아끼는 마음은 말로 표현할 수 없을 정도였다. 자신이 가족을 돌보겠다고 다짐한 루이자는 작은 방에서 인생 계획을 세우며 사랑하는 가족 모두의 소원을 이루어 주겠다고 맹세했다. 아버지에게는 안정감, 어머니에게는 평화와 위안, 그리고 햇볕이 잘 드는 방이 필요했다. 애나에게는 기회, 엘리자베스에게는 보살핌, 메이에게는 교육이 필요했다.

감동적인 동시에 안쓰러운 장면. 가족 구성원 대부분이 유약할 때, 드물게 강인한 한 인물이 스스로 짐을 짊어지겠다 결심하고 자신과의 약속을 이루기 위해 분투하는 이야기, 개발도상국의 장남이 흔히 짊어지는 그 짐을 루이자도 어깨에 얹었다. 『작은 아씨들』에서 어머니가 자매에게 크리스마스 선물로 주는 책이자 작품의 주제를 관통하는 책이 무거운 짐을 지고 고행에 나선 순례자의 이야기를 그린 존 버니언의 『천로역정』인 것은 루이자 자신이 주님의 뜻에 따라 짐을 지고 긴 여정을 시작한 성실한 순례자였기 때문이리라. 『천로역정』은 루이자의 아버지 브런슨에게 글이 전달할 수 있는 것 이상의 힘을 영혼과 상상력에 불어넣어준 책, 평생 열렬히 사랑하고 자녀 교육의 근간으로 삼은 책이기도 했다.

성홍열로 앓는 동생 엘리자베스의 치료비를 벌기 위해 무작정 보스턴으로 떠나는 루이자는 일기에 적는다.

나는 속으로 기도하는 게 좋다. 하지만 보스턴으로 다시 떠나는 그날은 달랐다. 작고 낡은 가방에는 물건이 가득했고, 주머니 속에는 내가 번 (아주 적은) 돈이 들어 있었다. 내 마음은 큰 희망과 결심으로 가득 채웠다. 나는 하느님께 우리 가족 모두를 돕고 지켜달라고 소리 내어 기도했다. 가족들은 사랑과 희망, 그리고 믿음이 가득한 눈빛으로 나를 바라보았다.

도시로 나가 홀로서기를 시작한 수줍고 예민한 30대 초반의 이 여자에 대해 메그스는 이렇게 썼다.

홀로서기를 시작한 첫해에는 무척 힘들었다. 모든 사람이 생계를 위해 치열하게 노력하고 쉽게 마음을 내어주지 않는 세상을 살아가기에 수줍음은 좋은 무기가 아니었다.

가족은 어떤 면에서 분명히 굴레였지만 루이자는 그렇게 생각하지 않는다. 오히려 삶의 원동력이자 영감의 원천이라 여긴다. 어릴 때부터 작가가 꿈이었다. 모두가 인정할 정도로 뛰어난 재능은 아니었다. 아버지의 친구인 잡지 편집장은 루이자의 습작을 보고 말한다. "그 아이가 작가가 될 일은 없을 거야." 그렇지만 루이자는 가족 모두를 부양해야 한다는 생각으로 노력한다.

아버지의 벗이었던 랄프 왈도 에머슨, 헨리 데이비드 소로 등 쟁쟁한 문인들과의 교유가 어린 루이자에게 작가로서의 삶에 대한 동경과 의지를 심어주었다면, 밥벌이를 위해 세상과 부대낀 경험이 글쓰기의 질료가 된다. 남북전쟁에 간호장교로 지원한다. 장티푸스에 걸려 조기 전역하지만 그때의 경험을 연민보다는 유쾌함, 고통보다는 용기를 녹여 쓴 '병원 스케치'를 로버츠 브라더스 출판사 대표 토머스 나일스가 눈여겨본다.

"여자아이들을 위한 이야기를 써달라"는 제안에 루이자는 처음엔 "여자아이들에 대해 잘 알지 못하고, 남자아이들을 더 좋아하며 잘 이해한다"고 거절하지만, 언제나처럼 가난이 새로운 도전으로 이끄는 원동력이 됐다. 돈이 궁해 수락하며 루이자는 말한다. "우리 자매들 말고 다른 여자아이들에 대해서는 잘 모르겠어요." 1868년 5월이었다.

비혼 남성인 나일스는 처음 『작은 아씨들』의 초고를 받아들고 흥미를 느끼지 못했다. 그렇지만 조카 릴리 알미는 달랐다. 너무 재미있어서 숨을 쉬지 못할 정도로 흥분했다. 릴리 알미와 마찬가지로 독자들도 열광했다. 책은 베스트셀러가 되었고, 루이자는 순식간에 유명해진다.

메그스의 이 평전에서 독자들이 아마도 가장 흥미를 가질 만한 부분은 『작은 아씨들』의 등장 인물들이 실존 인물에 바탕을 뒀다는 점일 것이다. 가난하지만 꿋꿋한 소녀들을 주인공으로 한 이 소설의 뒤에 또 다른 소녀들이 있다는 사실을 발견하고 그들이 어떤 인물이었는지를 알아가는 일이 『고집쟁이 작가 루이자』를 읽는 가장 큰 재미리라 믿는다. 조를 좋아하나 결국은 에이미와 결혼하고 마는 '옆집 소년' 로리의 모델이 루이자가 병약한 소녀의 간병인으로 따라간 유럽 여행 중 스위스 브베에서 만난 12세 연하의 폴란드 청년 라디슬라스 비스니에프스키라는 사실을 이 책을 읽으며 처음 알았다. 폴란드 혁명가의 제복을 입은 하얗고 여윈 검은 머리칼의 이 청년과 루이자의 로맨스가 성공적으로 진행되었다면 우리는 다른 버전의 『작은 아씨들』을 읽을 수 있을지도 모르겠지만 루이자는 라디슬라스가 동생 메이와 더 잘 어울릴 거라 생각한다. 『작은 아씨들』의 에이미가 유럽 여행 중 스위스 브베에서 로리와 재회해 연인이 되는 것은 이유 있는 설정이었던 것이다.

언니 애나가 남편을 잃었다는 소식을 듣고 언니와 조카들을 책임져야 한다는 생각에 유럽 여행중 급히 펜을 들어 『작은 아씨들』 시리즈 3권 『작은 신사들』을 쓰는 루이자, 메이가 산욕으로 숨지자 자신의 이름을 딴 그 딸을 맡아 키우는 루이자, 평생 발을 땅에 붙인 적 없는 이상주의자 아버지를 자가 면역질환으로 고통받으며 55세의 창창한 나이로 숨지기 직전까지 부양했던 루이자. 페미니스트로서의 자의식에 의한 선택이든 어떤 것이든, 그 자신은 따스한 가정을 꾸릴 새 없이 부양과 의무와 책임으로 얼룩졌던 그 삶을 곱씹어보노라면 마음이 아프다. 그와 함께 단순한 여기(餘技) 아닌 밥벌이로서의 글쓰기의 엄중함에 대해 진지하게 고민해보게 된다.

괴테에 대해 다시 생각한다. 어린 시절 에머슨의 서재에서 괴테를 열렬히 사랑했던 독일 작가 베티나 폰 아르님(1785~1859)의 서신집 『괴테가 한 아이와 주고받은 편지』를 발견한 루이자는 괴테를 존경하는 베티나처럼 에머슨을 열과 성을 다해 존경하기로 마음먹는다. 괴테는 루이자에게 이상(理想)이자 목표였다. 간병인으로 따라간 첫 유럽 여행에서, 괴테가 살던 집에 가보려고 프랑크푸르트에 들렀다. 유명 작가들이 익명으로 책을 쓰는 프로젝트에 참여했을 때 쓴 책도 「파우스트」에서 영감을 얻은 『현대의 메피스토펠레스』
다. 『작은 아씨들』의 조의 남편인 바에르 교수가 독일인인 것
도 괴테의 영향일 것이라고 메그스는 추측한다.

2016년 8월부터 1년간 회사 연수차 뉴욕에 머물렀다.
만 36세 8개월의 그 여름에 난생 처음 해외로 떠나면서 비슷
한 나이에 고향 독일을 떠나 이탈리아에 체류한 괴테를 떠
올렸다. 스스로를 단련시키기 위한 '그랜드 투어'라 여겼던
그 뉴욕 생활에서 최대한 많은 것을 보고 듣고 익혀 괴테처
럼 되고 싶었다. 루이자 메이 올컷의 행적을 찾아 오처드 하
우스에 가본 것도 뉴욕 체류중 한 일이다. 귀국해 괴테의 『이
탈리아 기행』을 읽으며 "내가 이 놀라운 여행을 하는 목적은
나 자신을 속이기 위해서가 아니라 여러 대상을 접촉하면서
본연의 나 자신을 깨닫기 위해서다"라는 문장에서 이 독일의
대문호와 깊은 동질감을 느꼈다.

이제 나는 비로소 루이자와 동류(同類)라 느낀다. 어릴
적부터 수십 번 『작은 아씨들』을 읽고, 올컷이 『작은 아씨들』
을 쓴 집에 다녀오고, 몇 편의 「작은 아씨들」 영화를 보고,
『작은 아씨들』 번역판 서문을 쓰면서도 루이자가 진정한 친
구로 느껴지진 않았다. 소녀다운 메그를 좋아하면서 조에게
는 경외심을 가졌던 것처럼, 친구가 되기에 루이자는 지나치
게 활달하고 야성적이었다. 그렇지만 이제 스스로 짐을 짊어

지는 자, 유달리 책임감 강한 딸, 역경에 맞서 인생을 개척하는 자, 괴테처럼 수련하고자 했던 글 쓰는 여자로서 그를 이해한다.

"올 수능에 invincible이라는 단어 꼭 나온다. 두고 봐라."

코로나 사태에 대한 각국 지도자들의 브리핑을 보며 친구들에게 한 말이다. 앤드루 쿠오모 뉴욕 주지사, 테드로스 아드하놈 게브레예수스 WHO 사무총장 등이 사태의 심각성을 인식하지 못하고 마스크도 없이 해변으로 놀러다니는 젊은이들을 지목하며 화난 목소리로 말했다. "You are not invincible(당신들은 천하무적이 아니에요)." 이 책, 『고집쟁이 작가 루이자Invincible Louisa』의 책장을 덮으며 그 단어, invincible을 다시 한 번 떠올렸다.

그리고 생각했다. 천하무적invincible이려면 이쯤은 되어야지.

담홍 장미

펜실베이니아주 델라웨어강에서 시작되는 큰길은 필라델피아 근처에 이르러 저먼타운 중심 거리가 된다. 혁명이 일어나기 전부터 사람들의 통행이 잦은 길이었지만, 1832년 후반까지도 포장이 되지 않았다. 마을 사람들은 가끔 진흙탕이 너무 깊어 반드시 말을 타고 건너야 할 지경이라고 이야기하기도 했다. 하지만 11월의 어느 추운 날, 웍 마을에 사는 친구의 집으로 향하던 젊은 아버지는 기쁨에 겨워 그 길이 험하다고 느끼지 않았다. 숨을 헐떡이며 친구 헤인스의 집으로 달려가는 브런슨 올컷을 진정시킬 수 있는 것은 아무것도 없었다. 그는 튼튼하고 생기 넘치는 딸이 방금 태어났다는 중대한 소식을 전하고 싶어서 헤인스의 일곱 자녀를 집으로 초대했다. 마침내 얼굴이 벌게지도록 힘차게 울고 있는 작은 아기를 만난 아이들은 경의에 찬 눈빛으로 아기를 바라보았다. 아기의 이름은 루이자 메이 올컷이었다.

루이자가 처음 본 세상은 눈으로 뒤덮인 펜실베이니아의 시골 마을이었다. 야트막하고 둥글둥글한 언덕, 눈이 소복하게 쌓인 소나무들, 물이 흐르는 길을 보여주는 검고 구불구불한 골짜기, 숲 한가운데까지 뻗어 내려온 매끄럽고 반짝이는 산비탈이 어머니와 높다란 창문 앞에 앉아 첫 번째 겨울을 맞이하는 루이자의 눈앞에 펼쳐졌다. 나중에 루이자에게 익숙해질 메사추세츠의 매서운 추위가 아니라, 비바람이 없는 곳에는 녹색 잔디가 자라고 눈 덮인 언덕에서는 여름철 이파리를 그대로 머금은 칼미아 덤불과 인동덩굴이 늘어지는 온화한 겨울이었다.

정해진 시간이 되면 집 안 어디선가 문이 열리고, 갑작스레 아이들의 목소리와 웃음소리가 들려오곤 했다. 브런슨이 집에서 운영하는 학교의 수업을 마친 학생들이 하교하는 소리였다. 머리를 굵게 땋은 통통한 소녀들과 짧은 재킷을 입은 퀘이커교(17세기 영국의 조지 폭스가 창설한 프로테스탄트 교파. 영국과 식민 아메리카 등지에서 일어난 급진적 청교도 운동의 한 부류다-옮긴이) 소년들이 무리지어 걸어가며 재잘대고 눈싸움을 했다. 그런 모습을 보고 덩달아 기분이 좋아진 루이자는 어머니의 품에서 내려가고 싶어서 안달을 냈는데, 난롯가에 앉아서 얌전하게 노는 언니 애나와는 정반대 모습이었다. 자매의 어머니 아바 올컷은 향나무의 하얀 결과 눈의 포근함이 느껴지는, 아름다운 울타리를 두른 정원에서 눈길을 돌리고 램프에 불을 밝혔다. 수업을 마친 브런슨이 돌아올 시간이었다. 아바는 '작은 낙원Little Paradise'에 산다고 고향 뉴잉글랜드로 편지를 보내기도 했는데, 그때까지는 가족 모두에게 정말 낙원 같은 곳이었다. 그 겨울 이후 올컷 가족에게는 불행한 징조들이 연이어 나타났다.

올컷 가족은 쾌적하고 소박하며 목가적인 집에서 2년을 살았고, 브런슨은 그곳에서 학생들을 가르쳤다. 올컷 부부의 결혼 생활 중 가장 평화롭고 안정적인, 행복한 시절이었다. 행복은 때때로 예상치 못한 방해를 받으면서도 계속 이어졌지만, 평화와 안정은 오랫동안 되돌아오지 않았다. 그러나 극복을 향한 의지가 강한 루이자 덕에 좋지 않은 상황이 나아졌는데, 그때는 루이자가 이미 인생의 절반을 역경에 맞서며 보낸 뒤였다. 평화롭고 안정적이던 시절에는 가족 누구도 앞으로 다가올 상황을 알지 못했다. 특히 루이자는 벽난로 앞에서 언니와 데굴데굴 구르고 뛰어놀다가 방문을 열고 들어오는 아버지를 환호하며 반기는 아이였을 뿐이다.

조용하고 착실한 아바 메이에게 결혼은 커다란 모험이었다. 젊은 브런슨은 키가 컸으며, 몽환적인 파란 눈에 금발, 조각한 듯한 작은 얼굴이 멋있었다. 브런슨을 의심의 눈초리로 바라보던 사람들은 그가 "현실적이지 않다"거나 "절대 출세하지 못할 것"이라고 했다. 약혼을 했다가 좋지 않게 끝나면서 상처를 받은 아바는 그러한 경고를 애써 무시했다. 아바의 오빠를 찾아왔던 브런슨과 아바는 서로 첫눈에 반했고, 아바는 그 순간 여태껏 경험해보지 못한 진짜 사랑을 느꼈다. 중요한 목표를 향해 나아가려는 브런슨에게는 곁에서 챙겨줄 누군가가 필요할 것이라고 생각했고, 아바는 기쁜 마음으로 그 역할을 맡았다. 세월이 흘러서 루이자가 대신하기 전까지 넘치는 활력과 무조건적인 진심으로 남편을 도왔다.

브런슨은 별나면서 재미있고 신기한 사람이었다. 학생이자 학자였는데, 무엇보다 좋은 교사였다. 그러나 코네티컷주 월코트의 스핀들 힐에서 자란 브런슨은 짧은 기간 비정규 교육을 받았을 뿐이었다. 브런슨은 어머니가 부엌 바닥에서 어떻게 글자를 가르쳐주었는지 아이들에게 자주 들려주었다. 그 시절에는 깨끗한 하얀 모래를 넓은 판자 위에 깔아두었는데, 새로운 모래를 깔려고 쓸어내기 전에 어린 브런슨은 모래 위에 글자를 써보며 글을 익혔다. A - B - cat - dog - patience - fortitude……. 천천히 배워가며 삐뚤삐뚤 글자를 쓰던 브런슨은 쉬운 단어에서 어려운 단어를 알아갔고 머지 않아 읽고 쓰게 되었다. 어머니가 브런슨에게 가르쳐줄 수 있는 건 그게 다였지만 아들이 원하는 배움을 끝까지 지지해주었다. 배움을 향한 브런슨의 강한 의지는 아버지가 소유한 농장의 단단한 산등성이보다 강했다.

브런슨의 아버지는 자식을 학교에 보낼 만큼 돈을 가지고 있지도 않았으며 그럴 필요도 느끼지 못했다. 아버지는 몸을 쓰는 노동이야말로 세상을 향해 나아가는 길이라 믿었고, 힘들수록 더욱 그렇다고 생각했다. 브런슨은 농장에서 일을 배우면서도 항상 마음속에서는 커다란 포부를 품고 있었지만, 세월이 흘러도 브런슨이 그토록 바라던 대학 교육은 기대조차 할 수 없었다. 다른 방법을 찾아야만 했다. 브런슨이 버지니아로 떠나서 교사 일을 찾기 시작한 건 열여덟 살 때의 일이었다. 버지니아 남쪽에서 뉴잉글랜드 출신의 젊은 남자들을 강사나 가정 교사로 뽑으려 한다는 소식을 들은 뒤였다.

친절한 선장이 일자리를 찾으면 승선료를 갚으라며 뉴헤이븐에서 노퍽까지 가는 배에 브런슨을 태워주었다. 브런슨은 빚에 대한 걱정으로 학교를 알아볼 새도 없이 첫 직장을 구했다. 양철공과 함께 일하면서 컵이나 주전자, 냄비를 팔러 마을을 돌아다녔는데, 뜻밖에도 영업 사원으로서 재능을 발견했고, 새롭게 맡은 일을 좋아했다. 브런슨은 선장에게 빚을 한꺼번에 갚고 난 후, 학교를 찾기 시작했다.

하지만 그 여정은 실망스러웠다. 학교 수가 아주 적었고 교사를 구하는 학교도 거의 없었다. 그뿐 아니라 학교라는 곳의 실체는 기대와 달랐다. 인적 없는 숲 가장자리에 위치한 벽에 금이 가고 너저분한 오두막 주변에서 야생 돼지들이 거칠게 뛰어다니고 있었다. 브런슨이 찾아간 교육 시설 대다수가 이런 모습이었다. 긴 다리에 머리칼은 덥수룩한 소년들은 적개심을 품고 코네티컷에서 온 낯선 사람을 쳐다보았고, 교사 채용을 담당하는 직원은 아이들보다 행동이 더 거칠었다. 긴 시간 학교를 찾아다닌 브런슨은 그곳에서는 학생들을 가르칠 기회를 얻을 수 없다고 판단하고 노퍽으로 돌아와 다시 양철 회사로 향했다. 브런슨의 영업 재능을 알아봤던 사장은 이번에는 더 많은 제품을 팔도록 그를 시골 마을로 보냈다. 임무를 잘 수행한 브런슨은 출장을 다니면서 자기 고객을 확보해 제품을 팔기로 마음먹었다.

"행상을 그 어떤 장사보다 훌륭하게 여겨지도록 만들 거예요." 그는 결연한 의지를 밝히는 편지를 아버지에게 보내기도 했다.

행상인 브런슨은 괜찮은 정도가 아니라 아주 매력적이었다. 불편한 도로와 변변치 않은 운송 수단이 대부분이라, 마을 상점에서 공급하는 자원에 의지하던 큰 공장들은 단추와 실, 끈, 양철판, 거북이 껍질로 만든 빗 등의 재고를 확보하려고 행상인에게 의존했다.

시골 생활은 무척 단조로워서, 재료 외에도 새로운 소식을 가지고 오는 외부 사람이라면 누구든 환영받았다. 코네티컷 출신으로, 파란 눈에 인상이 선한 젊은이의 출현은 놀라움 자체였다.

단순히 바른 품성 이상의 매력을 지닌 브런슨은 모두의 마음을 사로잡았다. 안주인들은 물론이고 남편들도 총과 낚시대, 농사에 관한 책들이 가득한 작업실에서 나와 면도기나 담배가 있는지 물었다. 이야기를 나누던 브런슨은 저녁 식사에 초대받았고 그 집에서 며칠을 더 지냈다. 이야기를 나누며 그 집 딸들은 브런슨을 재미있고 공감을 잘하는 사람이라고 생각했다. 그는 아이들이 궁금해하는 노퍽과 리치먼드에서 일어날 변화에 대해 들려주었고, 아이들이 자러 가면 서재에서 집주인과 밤늦도록 대화를 이어갔다.

브런슨은 노예 제도에 관해 이야기를 꺼내지 않을 만큼 사리분별력이 뛰어났지만 정치와 상업에 대해서는 이야깃거리가 많았다. 세계에서 일어나는 다양한 문제들에 관한 이야기를 하기도 했다. 그는 재치있는 입담꾼이었으며, 사람들이 이전보다 더 나은 생각을 하도록 만드는 힘을 가지고 있었다.

집으로 초대를 받으면, 브런슨은 주인의 서재에서 오랜 시간 머물렀다. 다양한 주제의 책들이 가득한 공간은 브런슨의 마음을 사로잡았다. 브런슨은 그 세계로 정신없이 빠져들었고, 가능한 한 많은 지식을 받아들이려 했다. 황홀한 배움의 시간이 지나고, 오랫동안 조용히 심사숙고하며 브런슨은 숙명을 느꼈다. 홀로 길을 떠난 브런슨의 머릿속에서는 생각들이 꼬리에 꼬리를 물었다. 브런슨에게는 그 사색의 시간이 중요한 의미로 다가왔다.

브런슨은 그곳에서 많은 돈을 벌기도 해서 한 계절에 벌어들인 수입을 모두 집에 입고 갈 새 옷을 사는 데 쓸 만큼 사치스러워졌다. 다시 많은 돈을 벌었지만 이번에는 병에 걸려 고열에 시달렸고, 다행히 노퍽에서 친절한 퀘이커 교인들에게 간호를 받아 회복했다. 종교에 무관심한 남부 농장주들의 모습에 큰 충격을 받은 독실한 뉴잉글랜드 출신의 브런슨은 퀘이커 교인들의 진실된 마음으로 다시 기운을 냈다. 그리고 마침내 집으로 돌아왔다. 돈은 한 푼도 없었지만, 지난 4년 동안의 고생을 보상받을 만한 추억과 경험만은 가득했다.

어린 시절 브런슨이 책의 세계에 빠지기 시작했을 때, 누군가 『천로역정Pilgrm's Progress』(1678)을 빌려주었다. 그 소설은 글이 전달할 수 있는 것 이상의 힘을 브런슨의 영혼과 상상력에 불어넣었다. 그는 평생 그 소설을 열렬히 사랑하고, 자녀 교육의 근간으로 삼았다.

브런슨은 가끔씩 글쓰기 수업을 하는 것 말고는 학생들을 가르친 경험이 없었지만, 방랑 생활을 끝내고는 교사가 되고자 했다. 누구보다 아이들을 가장 잘 이해했기 때문에 아이들을 교육하고 싶었다. 먼저 그는 체셔 지방에 있는 작은 학교에서 교사일을 시작했다. 그곳에서 새뮤얼 메이 목사를 만났고, 여동생 아바 메이를 알게 되었다. 앞서 언급했듯이, 나중에 아바는 행복한 마음으로 브런슨과 결혼했다. 이후 체셔 지방을 떠나 보스턴에서 학생들을 가르치기 시작했는데, 그곳에서 만난 루빈 헤인스는 브런슨의 새로운 견해에 주목했다.

모든 학교가 브런슨이 남쪽에서 경험한 학교처럼 불친절하지는 않았지만, 대부분은 아주 조금 나은 정도였다. 필라델피아 외곽 퀘이커교 공동체에 소속된 진취적이고 유능한 헤인스는 축산과 별, 원예와 기상학에 관심이 많았으며 교육에도 관심이 많았다. 헤인스는 모든 아이들에게 필요한 마음의 양식을 주고 싶어서 마을에 학교를 여럿 세우고, 자기 자금으로 운영하고자 했다. 보스턴에서 이미 소문이 자자한 젊은 교사 브런슨을 본 헤인스는 바로 이 교사야말로 아이들의 소망을 들어줄 사람이라 여겼다. 헤인스의 판단은 옳았다.

신혼이던 아바와 브런슨은 믿음직한 헤인스의 지원을 받아들여 저먼타운으로 거처를 옮겼다. 종종 혼돈에 빠지곤 하던 올컷 가족에게는 평생 운이 따르기도 했는데, 그들 가족에게 고마움과 사랑을 느끼고 무엇이든 다 해주는 친구들 덕분이었다. 헤인스는 올컷 가족에게 처음으로 다가온 친구였고, 가장 흥미로운 사람이기도 했다.

혈색 좋은 피부와 다정한 눈빛, 크고 부드러운 입매 덕에 헤인스의 갸름한 얼굴에서는 온화함이 느껴졌다. 퀘이커 교도다운 솔직한 말투와 생각, 목표를 향한 용감하고 명쾌한 태도가 장점인 동료였다. 브런슨은 헤인스의 후원을 받아 '솔밭 저택Pine Place'의 '작은 낙원'에 학교를 열었다. 학교는 브런슨의 온화한 방식대로 잘 운영되었다. 그렇지만 애석하게도, 학교를 세우고 얼마 지나지 않아 모두에게 사랑받던 헤인스가 세상을 떠났다.

아바와 브런슨은 근심 없이 평온할 수 있었기에 저먼타운에서 2년을 살았다. 저먼타운에 정착하고 3개월이 지나 첫째 애나가 태어났고, 1832년 11월 29일, 루이자가 태어났다. 루이자는 저먼타운에서 일어난 일들을 모두 기억하지는 못했지만, 자신의 기억과 다른 사람들에게 들은 이야기를 엮어서 이 시기를 떠올리곤 했다. 루이자가 태어나기 전 세상을 떠난 헤인스의 부재 때문에 늘 집안에는 슬픔이 맴돌았다. 아바와 브런슨은 용기를 내어 나아가려 했지만, 헤인스의 빈자리를 채우는 것은 불가능했다. 걱정은 점점 더 커졌고, 씩씩하고 쾌활한 아바의 마음은 무거워졌다. 그러는 동안 루이자는 걸음마를 떼고, 뛰기 시작했다.

루빈 헤인스는 세상을 떠났지만, 헤인스 가족과 올컷 가족의 우정은 변함없었다. 헤인스의 자녀들은 루이자의 생일날이 가까워지면 솔밭 저택 아기 방에서 즉흥적으로 파티를 열고 축하해주었다. 두 어머니는 서로 고민을 들어주고 조언을 아끼지 않았다. 상냥한 헤인스 부인은 아버지가 없는 일곱 자녀를 키우느라 애썼고, 아바는 아기 루이자가 원하는 걸 다 해줄 수 없어서 고민이었다. 루이자는 절대 가만히 있으려 하지 않았고, 걷기 시작하자 곧 달리기에 재미를 붙였다. 윅 마을은 활발한 루이자가 마음껏 뛰어다닐 수 있는 공간이었다. 오리와 돼지, 눈매가 부드러운 젖소가 있는 농장은 루이자에게 기쁨 자체였다. 루이자는 이때부터 동물들과 살아 있는 생물들을 사랑하게 되었다. 길게 늘어선 담홍 장미와 활짝 핀 목련이 가지런하게 정리된 정원은 보통 아기들의 걸음마 연습 장소로는 잘 쓰이지 않았지만, 통통하고 날렵하며 웃음이 넘치는 루이자는 아름다운 정원에서 눈부신 시간을 보냈다.

소박하지만 큰 집에 살던 유쾌한 헤인스 가족은 올컷 가족에게 특별한 존재였다. 헤인스 가족 덕분에 저먼타운에서 많은 추억을 쌓았고, 농장과 정원의 매력을 느낄 수 있었다. 이 시기에 퀘이커 교인들은 외부에서 찾을 수 있는 일반적인 쾌락―퀘이커 교인들 사이에서 자리 잡기 힘든 음악, 무용, 극장, 그리고 그 어떤 사교적인 종류의 즐거움―과는 단절된 삶을 살았다. 사람이 많고 활기찬 퀘이커교 가정에서는 색다른 생활 습관이 이어졌다. 사소한 것에서 느끼는 기쁨, 가족 안에서 오가는 농담, 부모와 자식 사이의 애정과 이해심처럼, 내면에서 나오는 즐거움을 우선시했다. 진정으로 검소한 삶에는 사치로 인한 걱정과 문제가 없었다. 헤인스 가정의 따뜻한 모닥불과 맛있는 음식, 흠 없는 청결함에서 오는 안락함에는 겉치레가 없었다.

크고 네모난 창문에는 커튼을 달지 않아 창으로 들어오는 햇빛이 방 안을 환하게 비추었다. 집에서 '큰 방'은 양쪽 끝에 넓은 유리문이 달린 복도가 전부였다. 그 너머로 정원의 모란과 제비고깔꽃 무리가 언뜻 보였다. 불과 몇 년 전, 라파예트(1757~1834, 프랑스의 군인이자 정치가. 미국 독립 전쟁에 참전했다―옮긴이)는 이 집에서 저먼타운 사람들의 환호를 받았다. 오듀본(1785~1851, 미국의 조류학자이자 화가―옮긴이)은 이곳에서 헤인스의 첫째 딸에게 그림을 가르쳤고, 미국의 위대한 화가 렘브란트 필(1778~1860)이 헤인스의 초상화를 그리기 위해 방문한 적도 있었다. 헤인스는 필이 열심히 노력하는 무명 화가이던 시절에 친구가 되어주었다. 무엇보다 이 공간에서는 잔잔한 평화와 진실한 사랑이 느껴졌다. 헤인스

가족은 헌신적이고 유쾌했으며, 슬픈 일이 있어도 활기 넘치고 행복했다. 올컷 가족은 처음 느낀 우정을 늘 기억했다. 윅 마을 사람들은 삶에서 가장 중요한 것이 무엇인지 알고, 사소한 순간에도 만족하며 살았다.

두 번째 여름을 맞은 루이자는 튼튼하고 활기찬 어린아이로 자랐다. 밝은 눈빛으로 뭐든 주의 깊게 보았고, 오리와 장미에 둘러싸여 시간을 보냈다. 목소리는 우렁찼고 주관이 뚜렷했다. 아바는 활발한 루이자를 돌보느라 이전보다 더 바빠졌다. 솔밭 저택에는 올컷 부부의 자녀 외에 기숙학교 학생들도 살았는데, 학교가 몹시 가난했기 때문에 일꾼들은 없었다. 헤인스의 지원이 없는 상태에서 새로운 계획을 세울 때마다 사람들의 비난은 점점 커졌다. 학생 수도 나날이 줄어들었지만 누구도 실패를 인정하지 않아 학교는 문을 닫지 않았다. 활발한 루이자를 돌보느라 아바는 불안함을 느낄 틈이 없었다. 루이자가 다치지 않도록 지켜보는 게 아바의 반복되는 일상이었다.

봄이 끝나갈 무렵, 저먼타운에서 적어도 두 아이만큼은 정말로 행복했다. 숲이 우거진 위사히콘강과 스쿨킬강을 따라 난 산책로 옆 가파른 산비탈에는 각종 야생화들이 빽빽하게 자랐고, 언덕 위에는 커다란 저택들이 있었다. 깔끔하게 관리된 저먼타운 주변은 모두 아름다웠다. 파란색 제비꽃과 회색 줄무늬가 진 너도밤나무, 그리고 5월이면 무성해지는 초목들이 갈색 잎들 사이를 뚫고 나와 사방을 둘러쌌다. 아치형 돌다리 아래로는 개울이 졸졸 흐르고, 새들의 노랫소리가 사방에 울려 퍼졌다.

애나와 루이자는 알지 못했겠지만, 올컷 부부는 동료였던 헤인스가 무척 보고 싶었다. 헤인스의 너그러움과 큰 이상, 현실적인 문제를 다루는 뛰어난 감각이 그리웠다. 브런슨이 운영하던 학교를 지키려면 교육자의 자질만으로는 부족했다. 학생들이 지불하는 수업료보다 더 큰 수입이 필요했고, 안정감이 주는 자신감과 평온함도 필요했다. 최선을 다했지만, 학교는 점점 어려워졌고, 결국 문을 닫으면서 그들의 원대한 계획은 사라지고 말았다.

필라델피아에 있는 다른 학교에서 약소하게 설명회를 열었지만 큰 호응을 얻지 못했고, 갑자기 중대한 결정을 내리게 되면서 모두 분주하게 이사 준비를 하기 시작했다. 루이자는 어떻게 된 일인지 알지 못한 채 증기선에 올랐고, 델라웨어강을 지나서 보스턴으로 향했다. 이미 여름이었고, 바다는 푸른빛으로 반짝였다. 나무들 사이로 보이는 낡은 농가와 오두막, 알록달록한 정원은 이제 더는 향긋한 장미가 핀눈부신 정원을 볼 수 없게 되었다는 사실을 상기시켰다. 올컷 가족은 좋은 친구들과 행복했던 기억을 남겨둔 채 새로운 희망을 안고 항해를 떠났다.

출발하고 얼마 지나지 않아, 루이자가 사라졌다. 증기선 내부를 샅샅이 수색한 끝에, 마법으로 움직이는 듯한 강철 손잡이와 커다란 불빛이 있는 엔진실에서 루이자를 찾았다. 아이는 석탄 가루와 검은 기름으로 뒤범벅되어 한 시간 동안 아주 즐겁게 논 모양이었다. 증기선이 보스턴 항구에 도착하고 나서야 아바는 안도의 숨을 내쉬었다.

루이자는 낮은 건물들이 자리 잡은 넓은 도시에서 태어났는데, 새롭게 도착한 곳에는 높은 언덕 위에 첨탑과 뾰족한 지붕들, 주 의회 의사당의 반구형 지붕이 있었다. 증기선이 증기를 내뿜고 물을 휘저으며 항구에 닻을 내렸고, 올컷 가족은 두 번째 집에 도착했다.

브런슨은 햇빛이 가득 비추는 소박한 프리메이슨 사원에 학교를 열고 싶었고, 훗날 미국 유아 교육 도입에 크게 기여한 엘리자베스 피보디(1804~1894)에게 보조 역할을 맡겼다. 루이자는 색다른 방식으로 높은 언덕을 잘 알게 되었다. 학교에 다닐 나이가 된 애나는 아버지와 등교했고, 아바와 루이자는 기나긴 가을 동안 아침이면 집을 나와 보스턴 커먼(보스턴 중심에 있는 공원–옮긴이)으로 향했다. 루이자는 잔디에서 뛰어놀며 오가는 사람들과 친구가 되었고, 때로는 잔디에 주저앉아 높은 느릅나무를 쳐다보기도 했다. 높이 솟은 몸통에 긴 가지가 달린 느릅나무는 루이자가 자란 곳에서 보던 너도밤나무와는 달랐다. 비컨힐에 있는 높고 오래된 집들이 유리 창문을 통해 루이자를 내려다보는 듯했고 오래된 파란색, 보라색 창문들에서는 권위가 느껴졌다. 거칠게 포장한 비컨 거리를 따라 시장 손수레가 끝없이 이어졌고, 삐걱거리는 짐 마차와 나중에 '빅토리아'라고 불리게 된 덮개 없는 마차들이 길게 늘어섰다. 마차에는 아가씨들이 풍성한 치마를 너풀거리며 양산을 들고 앉아 있었다. 농산물과 파이나 딸기를 파는 상인들은 길거리를 지나며 손님을 끌려고 크게 소리쳤고, 가위를 가는 사람은 등받이에 숫돌을 달고 손에 단 방울을 울리며 다녔다. 때때로 상인들은 방울 소리로 크고 작은 정보들—지갑을 떨어뜨렸다고 알리거나 소매치기를 향해 경고를 하거나, 잭슨 대통령이 최근에 무슨 선언을 했는지 소개하거나—을 전하면서 지나갔다. 어린 루이자에게는 모든 장면이 놀랍고 흥미진진했다. 저먼타운의 고요한 장미 정원이나 구불구불한 녹색 언덕과는 많이 다른 풍경이었다.

학교에서 음악 교육을 담당하던 아바가 아이들을 가르치느라 바빴던 어느 날, 루이자는 혼자서 보스턴을 구경하기로 했다. 보스턴에 새로 온 사람들은 누구나 길을 잃기 마련이다. 루이자도 예외는 아니어서 해맑게 이곳저곳을 돌아다녔는데, 집에 오는 길을 기억해야 한다는 사실은 생각지도 않았다. 누더기를 걸친 아이들을 만나 즐겁게 놀기도 하고, 길고양이들에게 관심을 보이거나 낯선 사람들에게 화사한 미소를 짓기도 했다가 결국에는 지쳐서 어느 문 앞에 앉아 쉬었다. 집에 가고 싶지만 가는 방법을 모를 때면 아이들은 보통 굉장히 당황하지만 루이자는 문 앞에 앉아 크고 다정한 개의 등에 머리를 기댄 채 편히 잠이 들었다. 잠에서 깨어났을 때는 해가 지고 있었지만, 놀라지 않았다. 멀지 않은 곳에서 커다란 목소리가 들리고, 종소리가 울려 퍼졌다. 관청 관리가 큰 소리로 외쳤다.

"길 잃은 여자아이를 찾습니다, 분홍색 드레스에 녹색 모로코 가죽 신발을 신은 아이를 찾아요!"

그 아이가 누구일지 궁금해하던 루이자는 관리가 자신을 찾고 있다는 사실을 알아차렸다. 겁을 먹은 루이자가 해가 진 어둠 속으로 작게 외쳤다.

"그 여자애가 저예요."

보스턴 커먼은 루이자가 가장 좋아해서 자주 가는 공원이었다. 그곳에는 볼거리와 놀거리가 많았다. 루이자는 큰 나무가 수면에 비치는 개구리 연못을 가장 좋아했는데, 어머니와 함께 연못 근처를 지날 때면 손을 뿌리치고 연못으로 달려가곤 했다. 아바가 중요한 일에 집중하느라 다른 데 신경 쓸 겨를이 없던 날에 잠깐 자유로워진 루이자는 황홀한 연못으로 향했고, 연못 가장자리에 서 있다가 미끄러져서 빠지고 말았다. 물이 차가워서 당황했지만, 첨벙거리는 순간에는 즐거웠다. 그러다가 문득 도움을 요청할 곳이 없다는 사실을 깨닫자 호흡이 가빠지며 두려워졌다. 루이자는 점점 아래로 가라앉으며, 숨을 헐떡거리고 발버둥 쳤다. 어린 마음에도 본능적으로 물에 빠져 죽을 거라고 생각했다.

보스턴 커먼

개구리 연못에서 숨이 막혀 발버둥 치던 순간을 루이자는 잊지 못했다. 루이자에게 마지막이 될 수도 있던 그 순간은, 인생에서 가장 먼저 떠오르는 기억이 되었다. 숨을 쉬지 못하고 가라앉을 때, 갑자기 머리 위에 환영이 나타났다. 낯선 존재는 단단한 팔로 루이자를 끌어당겼다. 잠시 뒤, 물 밖으로 나온 루이자는 물을 많이 마시긴 했지만 안전하게 구조되었다.

물에 빠진 루이자를 발견한 아프리카계 소년이 겁에 질린 구경꾼들을 제치고 물속으로 뛰어들어 루이자를 안전하게 데리고 나온 것이었다. 소년은 루이자가 감사 인사를 하거나 이름을 물어볼 새도 없이 사라져버렸다. 루이자는 나중에 그 일화를 자주 이야기했지만, 소년을 어떻게 불러야 할지 알 수 없었다. 루이자는 아주 어린 나이에 아프리카계 소년의 친절한 마음씨를 느꼈다. 미국에서는 아프리카계 미국인을 대상으로 한 내부 갈등이 점점 심해지고 있었지만, 상황의 심각성을 모르는 순수한 루이자와 소년은 서로에게 미소 짓고는 각자의 길을 갔다.

루이자는 마음이 이끄는 곳이면 어디든 가고 싶었다. 하지만 자신이 저지르는 무모한 행동으로 바쁜 어머니가 힘들어질 수도 있다는 사실을 서서히 깨닫던 참이었다. 갑자기 자신이 더는 '아기'가 아니라는 사실을 깨닫고 깜짝 놀라기도 했다. 엄마 품에는 얼굴이 동그란 아기가 안겨 있었는데, 성실한 피보디의 이름을 따서 엘리자베스라고 불렀다. 이제 루이자는 자신의 행동을 책임져야 할 때가 되었다.

루이자는 이 시기를 봄의 산들바람과 보스턴 커먼의 잔디, 날아다니던 나비, 그리고 다정한 개와 고양이로 기억한다. 어린 시절의 기억들은 대부분 선명하지만 가족이 겪은 커다란 변화는 잘 알지 못했다. 귀한 손님들이 사원학교 Temple School를 방문했고 학교는 한동안 이름을 떨쳤다. 다채로운 색깔의 벽과 멋진 사람들, 탁자에 올려둔 『천로역정』을 좋아한 루이자도 학교에 다니고 싶었다. 애나를 포함해서 학교에 다니는 아이들은 모두 루이자보다 나이가 많았다. 아이들은 어리고 소란스러운 루이자를 못마땅한 눈초리로 쳐다보았는데, 루이자는 선생님 앞에서는 조용히 앉아 있어야 한다는 사실을 아직 몰랐다. 그뿐 아니라 다른 사람들에게 마음을 표현하는 방법이나 어린이가 지켜야 하는 의무도 이해하기 힘들었다.

때때로 엄숙해 보이는 방문객들이 학교로 찾아오면, 선생님은 루이자가 재빨리 입을 다물게 시켰다. 학교는 곳곳에 알려져서 교육에 관심 있는 사람들이나 보스턴 관광지를 구경하는 해외 여행객들도 학교를 찾았다. 어느 날 루이자는 키가 크고 말라서 조금은 볼품없어 보이지만, 잔잔하고 온화한 인상에 주변이 따뜻해지는 느낌이 드는 남자를 보았다. 함께 온 사람들의 다리 사이를 지나다니며 놀던 루이자는 누군가 그 남자를 랄프 왈도 에머슨(1803~1882, 미국의 사상가이자 시인. 정신과 물질의 관계를 철학의 영원한 문제라고 하며 초월론을 주장했다—옮긴이)이라고 부르는 소리를 들었다. 에머슨은 콩코드에 있는 자기 집으로 브런슨을 초대했다.

"자네도 콩코드를 좋아할걸세."

루이자는 그때까지 이름만 들어본 친척들을 만나게 되었다. 할아버지 조셉 메이 대령은 무섭게 화를 낼 때도 있지만, 대체로 한없이 너그러운 분이었다. 메이 대령에게 아이들이란 착하고 차분하며 품행이 단정해야 한다는 확고한 신념이 있어서 항상 루이자의 잠시도 가만있지 못하는 산만함을 탐탁지 않아 했다. 소란스러운 루이자 때문에 얼굴을 찌푸리기도 했지만, 루이자는 할아버지의 못마땅한 표정 뒤에 손녀들을 향한 따뜻한 애정이 숨어 있음을 알았다. 삼촌 새뮤얼 조셉 메이는 따뜻하고 마음씨 좋은 사람이었다. 새뮤얼은 아바가 브런슨과 만나기 훨씬 전부터 브런슨과 아는 사이였고, 올컷 부부가 도전하는 모든 일을 항상 지지했다. 사촌 리지 웰스는 아바의 조카였는데, 뺨이 발그레한 얼굴이 예뻤다.

루이자가 굉장히 중요한 인물인 핸콕 대고모를 만난 적 있는지는 확실하지 않다. 핸콕 대고모는 아바와 브런슨이 결혼할 당시에도 나이가 꽤 많았는데, 올컷 가족에게는 전설 같은 인물이어서 브런슨은 아이들이 조르면 종종 핸콕 대고모의 이야기를 들려주었다. 제목은 '핸콕 대고모와 저녁을 함께 먹다니'였다.

핸콕 대고모의 본명은 도로시 퀸시 스콧이었고 이름에서 비롯된 일상적인 호칭이 없었다. 도로시 고모도, 스콧 고모도 아니었다. '핸콕'은 유명하던 첫 남편 존 핸콕의 이름에서 따온 호칭이었다. 존 핸콕은 독립 선언서에 가장 처음으로 서명한 용감한 사람이었다. 핸콕 대고모는 독립혁명 당시 어린 나이에 결혼했고, 남편이 매사추세츠 주지사가 되자 관저의 안주인으로 살았다. 존 핸콕은 매력적인 신사였다. 용감하고 강인하고 인심이 후했으며, 애국심이 강했다. 짙은 빨간색 양복에 깃털 달린 모자를 쓰고 매사추세츠 제헌 의회를 진행하기도 했다. 그는 어지러운 상황에 놓인 새로운 주

정부를 맡게 되었으며, 그 주의 첫 번째 행정 관리자였다. 핸콕 대고모는 활동적인 배우자였고, 자신의 지위가 가진 명예를 기꺼이 지켜냈다.

미국이 독립하고 얼마 지나지 않아 존 핸콕이 세상을 떠났다. 핸콕 대고모는 재혼했지만 집안에서는 두 번째 남편인 제임스 스콧보다 첫 번째 남편이 더 중요했다. 핸콕 대고모는 언제나 핸콕 대고모였으며, 가족들에게 위대한 존재로, 아주 오래 살았다. 종손녀인 아바가 교사와 약혼했다는 소식을 듣자, 브런슨에게 아바와 약혼했으니 식사를 하러 와야만 한다는 인상적인 초대장을 보냈다. 친절해 보이지만 어딘가 이해할 수 없는, 모든 걸 마음대로 하려는 사람이었다.

브런슨의 표현에 따르면, 핸콕 대고모는 왕좌처럼 큰 의자에 앉아서 근엄한 태도로 아바와 브런슨을 반겼다. 두 사람에게 비컨힐에서 주지사의 아내로 지내던 시절에 겪은 재밌는 일들을 이야기해주었는데, 결혼을 앞둔 브런슨이 자기 이야기에 감명을 받아야 한다는 듯 말했다. 식사 시간에는 하인들에게 행동이 느리다고 지적했고 식사 마지막에 디저트를 먹는 것이 싫어서 항상 디저트로 저녁 식사를 시작했다. 관저에 살던 시절에 손목이 불편한 남편을 대신해 고기를 직접 썰어주던 습관대로 고기 요리는 직접 썰어 나눠주었다.

브런슨은 오만하고 퉁명스러운 태도 뒤에 감춰진 친절

함과 진심을 보았고, 핸콕 대고모를 충분히 이해했지만, 감히 핸콕 대고모와 다른 의견을 내는 것을 두려워하지도 않았다. 언쟁이 끝나자 브런슨은 떠나려고 자리에서 일어났다. 선약이 있는 주일학교로 가려는 브런슨에게 화가 난 핸콕 대고모가 말했다.

"아이들은 모두 악마에게 잡혀갈걸세."

하지만 결국은 브런슨을 용서하고, 작별 인사를 했다. 핸콕 대고모는 메이 가문의 일원이었기에 '메이 집안은 다혈질'이라는, 집안에 공공연하게 전해지는 말 그대로 행동했다. 당시에도 아흔이 훌쩍 넘는 나이였고, 올컷 가족이 보스턴으로 돌아오기 전에 분명히 세상을 떠났으리라. 그런데도 핸콕 대고모는 루이자와 관련된 기록에 또 한 번 등장한다.

올컷 가족이 흥분을 잘하는 메이 집안의 성향을 걱정할 때면, 그 성향을 물려받은 루이자와 어머니 아바는 서로 눈빛을 주고받았다. 강한 의지로 자제력을 터득한 아바와 갑작스러운 화를 참는 방법을 열심히 연습한 루이자는 같은 고민거리를 해결하려고 상의하곤 했다. 명랑한 애나와 수줍음이 많고 조용한 엘리자베스는 침착한 올컷 집안을 닮았고, 루이자와 아바는 다혈질인 메이 집안 여성의 모습으로 평생을 살았다.

세월이 흘러, 올컷 가족은 다시 짐을 싸서 콩코드로 떠났다. 루이자는 이유를 알지 못했고, 화목한 가정에 슬픔이 찾아왔다는 사실을 어렴풋이 느낄 뿐이었다. 어머니가 태어나지 못한 막내아들 때문에 무척 힘들어한 것이다. 아바는 굳센 의지로 감정을 억누를 수밖에 없었다. 오랜 시간이 지나서야 루이자는 어머니가 일기에 적어둔 아들에게 보내는 편지를 읽고 비통한 슬픔에 잠겨 흐느꼈다. 일기를 통해 어머니가 겪은 고통과 슬픔을 알게 된 것이다. 엘리자베스는 여전히 집안의 막내였고, 온화하고 밝은 영혼으로 다혈질에 말 많은 루이자를 멋쩍게 만들곤 했다. 얌전하게 행동하기란 루이자에게 너무 힘든 일이었다.

자매들은 학교가 어떻게 처음에는 여러 방면에서 인정과 지지를 받다가 결국 문을 닫을 때까지 비난의 대상이 되었는지 알지 못했다. 학교는 루이자가 두 살 때부터 일곱 살이 되던 해까지 거센 비난을 받았는데, 그사이 루이자는 당시 중요한 문제인 노예제 폐지가 무엇인지 어렴풋이 알 만큼 성장했다. 상황을 완전히는 이해하지 못한 루이자는 아버지의 친한 친구 윌리엄 로이드 개리슨(1805~1879, 미국의 노예제도 폐지론자-옮긴이)이 목에 올가미가 걸린 채 거리에서 끌려갔다는 소식을 들었다. 사람들은 개리슨이 노예 해방을 주장했으니 교수형에 처해야 한다고 했으며, 노예 해방론자가 아이들을 가르치다니 적절하지 않다고 수군거렸다. 이런 사실을 제대로 알지 못한 루이자가 학교에 갔을 때는 학생 수가 많이 줄어든 상태였고, 브런슨이 제자로 삼은 아프리카계 소녀만 남아 있었다. 시위를 무시한 채 모든 학생은 동등하게 교육받아야 한다고 주장하던 브런슨의 학교에 화가 난 학부모들이 자기 아이들을 데리고 나간 슬픈 날, 루이자는 학교에 없었다. 그렇게 학교는 문을 닫았다. 브런슨은 학교를 다시 세우고 싶지 않았고 올컷 가족은 갑작스럽게 콩코드로 가게 되었다. 에머슨이 올컷 가족의 이사를 앞장서서 도와주고 다음 목표를 위한 길잡이가 되어주었던 것을 루이자는 희미하게 기억했다.

호스머 오두막Hosmer Cottage은 넓은 땅 구석진 자리에 자리 잡고 있었다. 집 앞에는 넓은 정원이 있고, 뒤로는 들판이 있었다. 보스턴 커먼이 너무 좁다고 느꼈던 루이자에게는 딱 알맞은 크기였다. 펜실베이니아를 떠난 이후에야 드넓은 지역에서 느낄 수 있는 자유를 알게 된 루이자는 산비탈을 망아지처럼 달렸다. 윅 마을의 정원은 없었지만 익숙한 데이지꽃이 피었고, 5월이면 초목이 푸르렀으며, 언덕 근처에는 나이 든 사람들이 칼리코 덤불이라고 부르는 아름다운 분홍색 칼미아 꽃이 피었다. 강한 바람과 소나무 향도 새로웠다.

브런슨은 가족의 생계를 위한 일이라면 무엇이든 했다. 힘들게 농장 일을 하고, 정원을 가꾸고, 장작을 팼다. 땅을 가꾸느라 공을 들이던 이웃들은 브런슨이 일을 도와줄 때면 고마워했다. 브런슨은 농사에 대해 많이 알고, 함께 일하기 좋은 사람이었다. 이웃들은 겨울에 쓸 장작을 쟁여두었고, 브런슨은 나무를 베어주는 대가로 겨울을 지내기 위한 장작을 받았다. 어린 세 자매는 고요한 소나무 숲으로 아버지를 따라가 마른 솔잎 사이에서 진달래와 독버섯을 찾으며 놀았다. 너무 뛰어다녀서 지쳤을 때는 가만히 자리에 앉아서 아버지가 휘두르는 도끼 아래로 달콤한 냄새가 나는 하얀 조각들이 튀는 모습을 바라보았다. 철학자 브런슨, 호기심 많은 애나, 얌전한 엘리자베스, 그리고 별난 루이자는 보고 들은 모든 것들에 대해 진지하게 이야기를 나누었다. 아바는 숲에 갈 때면 자주 집에 남곤 했는데, 막내 아기 메이 때문이었다.

어머니가 바쁠 때면, 세 자매는 아버지와 함께 시간을 보냈다. 아바는 기분이 자주 변했는데, 쉽게 흥분했다가 금세 감동하곤 했다. 가정의 평화가 끝날지 모른다는 걱정으로 무척 불안해하기도 했다. 브런슨은 거실에서 독특한 체조로 아이들에게 글자를 가르쳤는데, 'I'를 가르칠 때면 긴 다리로 방 안을 위풍당당하게 활보했고, 'X'는 양팔과 다리를 넓게 벌린 모습으로 표현했다. 'S'를 알려줄 때는 몸을 배배 꼬아서 거위처럼 쉬쉬하고 소리를 냈다.

작은 집에서 올컷 가족은 오븐조차 없이 난로 앞에서 요리하며 소박하게 살아갔다. 그렇지만 다정한 농담이 끊이지 않아 항상 즐거웠고, 가족들 모두 마음의 여유가 있었다. 다들 같은 마음으로 사용 여부와 상관없이 모든 물건을 사람들에게 나눠주었다. 하루에 세 번 하던 빈약한 식사는 두 번으로 줄였는데, 세 번째 끼니는 도움이 필요한 가정에 전해주었다. 그 시절에는 모두 검소하게 지냈지만 올컷 가족은 다른 가정보다 더 검소하게 살았고, 집이 가난하다고 여기지도 않았다. 퀘이커 교인들과 함께 저먼타운에서 생활했던 올컷 가족에게는 단순한 삶이 힘들지 않았다.

이 시기에 자매들은 매주 베개 싸움을 했다. 올컷 가족에게 베개 싸움은 생명을 위협받거나 팔다리가 다칠 정도로 위험한 놀이가 아니라 오랜 시간 이어져 온 일종의 의식이자 재미있는 전통으로, 잠자리에 들기 전에 하는 놀이였다. 아이들은 헐렁하고 긴 잠옷―그래봐야 제대로 된 옷은 아니었지만―을 입은 채로 뛰어다녔다. 그러다가 숨이 차오르고 볼이 붉어져서는 어머니나 아버지와 기도를 드리고 바로 잠에 빠져들었다.

어느 날, 루이자에게 아주 신나는 일이 생겼다. 프로비던스(미국 로드아일랜드주의 대도시―옮긴이)로 오라는 초대장을 받았는데, 오롯이 혼자 가야 했다. 아바는 친절하지만 잘 모르는 어른들에게 가만히 있지 못하는 어린 루이자를 보내는 게 걱정스러웠으나 경험에서 배우는 게 있으리라 판단하고 초대에 응했다. 초대된 집에 다른 아이들은 없었지만 루이자는 거기서 키우는 동물들과 놀거나 향신료 만드는 곳을 둘러보았고, 그 집 어른들이 소중하게 돌봐주어 며칠 동안 즐거운 시간을 보냈다. 하지만 루이자의 눈에 어른들이 조금 지쳐 보였다. 갑자기 지루해진 루이자는 집에 돌아가고 싶었고, 결국 혼자 놀다가 문제를 일으키고 말았다.

루이자는 금세 행색이 초라한 또래 아이들을 찾았다. 새로운 친구들과 헛간에서 놀다가 그 아이들이 밥을 제대로 먹지 못해서 배가 고프다는 사실을 알게 되었고, 우연히 아무도 없는 음식 창고로 뛰어가서 무화과 케이크를 가지고 나왔다. 그 후 몇 차례 더 음식 창고를 들락거리다가 들키고 말았다. 지칠 대로 지친 그 집 부인은 더는 참지 못하고 루이자를 다락방으로 보내서 어떤 철없는 행동을 했는지 반성하라고 꾸짖었다. 불쌍한 루이자! 루이자는 '배고픈 아이들에게 음식을 준', 자기가 생각하기에 옳은 일 이외에 어떤 나쁜 행동을 저질렀는지 전혀 알 수 없었다. 올컷 가족은 항상 가난한 사람들에게 음식을 나눠주었다. 루이자는 이해할 수 없고 화가 많이 났지만 울지는 않았다. 혼란스럽고 창피했다. 왜 자신의 행동이 수치스러운 것인지 알 수 없었다.

"페니, 루이자는 좋은 의도였을 거예요. 개의치 말아요."

루이자는 문 밖에서 새어 들어오는 소리를 들었다. 크리스토퍼의 목소리였다. 루이자가 그 집에 처음 왔을 때부터 상냥하게 대해주었던 크리스토퍼는 음식을 허락 없이 가져가는 건 옳지 않다고, 루이자가 이해하기 쉽도록 짧고 간결하게 설명했다. 그리고 루이자가 어깨에 얼굴을 기대고 흐느끼기 시작하자 자기 무릎에 앉혔다. 크리스토퍼는 어설프게 위로하지 않고 루이자가 울다 지쳐 잠들 때까지 내버려두었다. 한 시간 뒤, 잠에서 깨어난 루이자는 깜깜한 다락방의 어둠 속에서 잠시 겁을 먹었지만, 곧 크리스토퍼의 편안한 품에 안겨 있다는 사실을 깨닫고 안심했다. 크리스토퍼가 루이자를 내려놓자, 루이자는 모든 일을 설명하고는 자기가 직접 말하기 전까지는 가족에게 이 일을 알리지 말아달라고 부탁했다. 루이자는 착하고 현명한 크리스토퍼에게 오랫동안 고마움을 느꼈다.

루이자는 콩코드에서 지낼 때, '사이'라는 소년과 많은 시간을 보냈다. 사이는 항상 루이자를 궁지에 빠뜨렸는데, 루이자는 항상 기꺼이 어려움에 뛰어들었다. 사이는 루이자의 귀에 대고 "넌 저거 못할걸" 하고 말할 뿐이었고 그 말에 자극을 받은 루이자는 해내지 못하면 죽는다는 듯 달려들었다.

한번은 헛간 서까래에서 뛰어내렸다가 두 발목을 심하게 접질려서 집까지 판자에 실려갔다. 언젠가는 "어떤 느낌인지 알아보라"고 눈에 빨간 고추를 문지르라는 말을 따랐다가 고통으로 울부짖고 눈도 뜨지 못하자 사이가 집에 데려다주기도 했다.

겨울이 지나고, 봄과 함께 새로운 소식이 찾아왔다. 영국에 있는 사람들이 교육에 관한 브런슨의 계획에 관심을 보여 그의 이름을 따서 학교를 짓고, 직접 와서 보라고 초대한 것이다. 브런슨이 영국으로 떠날 준비를 하면서 집 안이 분주해졌다. 브런슨은 책 외에는 자기 양말이 어디에 있는지, 심지어 돈조차 어디에 두었는지 모르는 사람이었다. 애나와 루이자뿐만 아니라, 에머슨도 영국으로 떠날 준비를 하는 브런슨을 도와주었다. 에머슨과 아바는 브런슨이 어떻게 살아왔는지 지켜보며 좌절할 때 위로해주었고, 사람들이 그를 얼마나 좋게 보는지도 알았다. 브런슨이 항해를 시작하자 모두의 희망이 커진 것만큼은 분명했다. 그러나 루이자의 가정에는 빈자리가 생겼다.

이제 아이들을 지도하는 건 어머니의 역할이었다. 아바는 아이들에게 디킨스의 작품과 브런슨이 무척 아끼던, 오래되고 허름한『천로역정』을 큰 소리로 읽어주곤 했다. 큼직하고 아름다운 책은 팔아버렸고, 학교에 남은 다른 물건들도 빚을 갚으려고 판 뒤였지만, 여전히 남아 있는 빚은 루이자의 가정에 먹구름처럼 걸려 있었다. 수입 없이 아이 넷을 키우는 젊은 어머니가 감당하기에 힘든 상황이었다. 그래도 아바는 용감하게 맞섰고, 제법 자란 두 딸도 위태로운 상황을 이해했다. 아바가 브런슨이 집에 돌아올 날을 기다리는 만큼, 두 딸도 그 순간을 간절히 기다렸다.

브런슨은 당시 훌륭한 사상가로 여겨지던 영국의 유명 인사 토머스 칼라일(1795~1881, 영국의 사상가이자 역사가. 물질주의와 공리주의에 반대하여 인간 정신을 중시하는 이상주의를 주장했다–옮긴이)을 만났다. 토머스 칼라일은 로버트 오언 (1771~1858, 영국의 사회주의자–옮긴이)과 브런슨이 지지하는 변화의 흐름을 믿지 않았고 브런슨과 언쟁을 벌였다. 온화한 브런슨은 다른 사람과 다투는 일이 거의 없었으니, 이 언쟁은 일종의 사건이라 할 수 있었다.

여름의 끝자락에 다다랐을 때, 올컷 자매는 아버지가 집으로 돌아오고 있다는 소식을 들었고, 시간이 흘러 드디어 그날이 왔다. 그들이 품었던, 희미하지만 빛나는 희망이 마침내 이루어졌다. 그러나 애나와 루이자는 그때까지 자신들이 무엇을 기대하는지 몰랐다. 아버지가 돌아오시길 기다리는 어머니가 어느 때보다 긴장하고 있다는 사실도 알지 못했다. 문을 바라보던 그들의 눈앞에 마침내 브런슨이 나타났고, 미처 예상하지 못한 순간을 맞이했다. 브런슨은 어른 둘, 애나보다 더 큰 소년 하나와 함께 왔는데, 그들은 서로를 어색하게 바라보았다. 브런슨이 가족에게 이들을 소개했다. 한 남자는 찰스 레인(1800~1870, 영국계 미국인으로, 초월주의자이자 노예제 폐지론자. 브런슨 올컷과 주축이 되어 프루틀랜즈를 설립했다-옮긴이)으로, 애나와 루이자도 이름을 들어본 사람이었다. 다른 남자는 헨리 라이트(1797~1870, 미국의 노예제 폐지론자이자 평화주의자, 무정부주의자이며 페미니스트였다-옮긴이), 함께 온 소년은 윌리엄 레인이었다. 그들은 올컷 가족과 겨울까지 오두막에서 함께 생활하며 천천히 친해지기로 했다. 봄이 오면 새로운 삶을 향해 다른 곳으로 떠날 테고, 이전과는 완전히 다른, 누구도 겪어보지 못한 생활을 할 것이었다.

루이자는 열 살, 애나는 열한 살로, 두 아이는 당혹스러운 이 계획을 받아들일 만큼 성장해 있었다. 작은 집에서 아이들 넷과 어른 둘이 함께 살아갈 상황에 대한 근심으로 아빠의 얼굴에는 걱정이 가득했다. 음식을 장만할 돈도 거의 없었다. 두 딸은 어머니만큼이나 그러한 상황을 이해했지만, 아버지를 사랑하며 무엇보다 아버지가 행복하기를 바라기도 했다. 가족들은 정직과 성실, 욕심 없는 삶, 그리고 몸이 아닌 정신을 기준으로 삼는 초월주의에 대한 새로운 계획을 즐겁게 이야기하는 아버지를 방해하거나 실망시킬 수 없었다. 애나와 루이자는 아버지 이야기를 정확히 이해할 수는 없었지만, 어머니가 그 이야기를 믿지 않는다는 것은 어느 정도 알 수 있었다. 하지만 두 딸은 어머니가 그렇듯, 사랑하는 아버지가 선택한 길이라면 무엇이든 따를 준비가 되어 있었다.

힘든 겨울이었다. 영국에서 온 남자들은 콩코드에서 환영받았고, 그들의 새로운 계획이 도처에 알려졌다. 브런슨은 희망이 선사하는 즐거운 기쁨에 빠져들었다. 아바는 별말을 하지 않았지만, 아이들에게는 자신을 어떻게 도울 수 있는지 알려주었다. 루이자는 집안일과 요리, 빨래와 물을 길어 나르는 것, 그리고 청소도 좋아했다. 사실 루이자는 조급하고 반항적이었으며 힘든 노동을 하기에는 너무 어렸지만, 어머니가 너무 많은 부담을 떠안는 걸 보고 싶지 않아 누가 시키지 않아도 혼자 모든 일을 해냈다. 애나는 루이자보다 빠르고 능숙해서 맡은 일을 더 쉽게 해냈다. 루이자는 열의만 넘치고 자신에게 관대했지만, 애나에게는 집안일에 타고난 소질이 있었다.

그들은 제대로 먹고살기 힘들었고, 과일과 채소, 곡물죽 정도만 먹을 수 있었다. 그런 상황에서도 아바가 절대 뜻을 굽히지 않은 부분은, 빠르게 자라는 아이들은 건강을 위해 우유를 충분히 마셔야 하며 난방을 위해 연료를 충분히 갖추어야 한다는 것이었다. 포근한 보살핌 없이 아기가 뉴잉글랜드의 혹독한 추위를 견디기는 힘들었다. 집 안에 마련해둔 나뭇단과 관련해서 몇 가지 이야기가 전해지는데, 이 이야기도 그중 하나다.

올컷 가족이 살던 작은 집으로 바람과 눈이 몰아치던 어느 밤이었다. 바람이 통하는 틈새로 서서히 추위가 스며들었다. 헛간에는 나무가 거의 없었고, 아바는 다급해졌다. 그 순간, 친절한 이웃이 자기 집 나무를 가져왔는데, 아마 그중에는 브런슨이 베어둔 나무도 함께 있었으리라. 하늘의 선물과 같은 나뭇단은 아바의 불안한 마음을 안정시켰지만 그 기쁨은 곧 사라지고 말았다. 추위와 어둠이 집을 에워싸고 찬 바람이 부는 늦은 밤에 브런슨이 환한 미소를 지으며 집 안으로 들어왔다. 가난한 남자가 찾아와 추운 집에 아픈 아기가 있는데 곳간에 연료로 쓸 나무가 없다고 한 것이다. 브런슨은 그 사람에게 줄 나무가 있어서 다행이라면서, 가엾은 남자에게 필요한 만큼 나무를 주고 집까지 데려다주었다.

아바는 친절한 사람이었지만 그 상황에 화가 났고, 인내심의 한계를 느꼈다. 올컷 가족에게도 새 생명이 태어난 상황이라는 사실을 브런슨도 깨달아야 했다. 아기의 몸은 집 안 온도만큼이나 차가웠고, 아침이 되기 전에 위험해질 수도 있었다. 브런슨을 향한 아바의 분노는 누군가 문을 두드리는 소리로 중단되었다. 올컷 가족이 이미 나뭇단을 받은 사실을 모르는 다른 이웃이 나뭇단을 가져온 것이다. 집 안은 다시 타오르는 열기로 따뜻해지고 활기가 가득해졌다.

"우리는 고통받지 않을 거라고 했잖아요." 브런슨이 아바를 안심시켰다. 브런슨은 하느님을 사랑하는 자들은 항상 베풂을 받는다고 믿었지만, 아바는 할 수 있는 만큼 노력해서 스스로를 돕고, 하나님에게 부담을 얹지 않아야 한다고 생각했다. 애나는 아버지의 믿음에 의지했고, 루이자는 어머니의 생각을 믿으며 책임감을 느꼈다. 가족 사이에 불화는 없었지만, 이 믿음이 그들의 운명을 결정지었다.

드디어 봄이 되었다. 매사추세츠 하버드 근처 산비탈에 브런슨의 계획을 실천하기 적당한 농장과 오래되고 텅 빈 집이 있었다. 집은 몇 년 동안 비어 있던 데다가 가파른 땅은 경작되지 않은 상태였다. 그런데도 브런슨과 그의 동료들은 이곳이 녹색 낙원이 되리라고 생각했다. 그곳에 깃든 평화와 행복, 형제애가 모든 일을 쉽게 해결해 주리라 믿었다.

6월에 마지막으로 짐을 옮겼다. 집 정원에는 꽃들이 흐드러지고, 들판은 하얀 데이지꽃으로 뒤덮였다. 또다시 짐을 싸느라 방 사이를 오가던 아바는 '작은 낙원'보다 더 오래 산 집을 다시 한번 둘러보았다. 떠나야만 했고, 평화롭고 편안한 집을 사랑하는 마음보다 브런슨을 사랑하는 마음이 더 컸기에, 그럴 준비가 되었다. 신이 난 네 자매는 다른 사람의 도움 없이 옷과 담요, 조리 기구와 책, 그리고 철학자들의 반신상을 모았다. 새로운 곳으로 떠날 때 꼭 챙겨야 하는 물건들이었다. 말 한 마리가 이끄는 작은 마차를 타고 떠나던 날에는 비가 내렸다.

향나무 언덕을 오르고 계곡을 지나는 험한 길을 따라 온종일 이동했다. 32킬로미터를 지나는 동안, 비가 억수같이 쏟아졌다. 하지만 함께 떠나는 철학자들의 마음속 희망과 아이들의 흥분은 사그라들지 않았다. 메이를 안고 있던 아바는 콩코드의 작지만 안전한 하얀 집과 이웃들을 떠올렸지만, 루이자와 브런슨은 느리게 움직이는 마차 너머로 펼쳐질 새로운 세계를 상상했다.

마지막 고개를 넘었을 때는 다들 지칠 대로 지친 상태였다. 집이 도로 근처에 있는 게 아니라서 땅에 깊게 새겨진 바퀴 자국을 가로질러 올라가야 했다. 폭풍우가 걷히며 내슈아강 골짜기가 또렷이 드러나고, 가늘어지는 빗줄기 사이로 와추세트산과 모내드녹산의 모습이 어렴풋이 나타났다. 커다란 집의 낡고 흰 지붕 판자와 집 앞의 늙고 구불구불한 사과나무는 비에 젖어 검은 빛이 돌았다. 오래된 나무들을 보고 새로 나무를 심을 과수원을 생각하며, 브런슨과 그의 동료들은 그곳을 '프루틀랜즈Fruitlands(초월주의 모임의 중심지이자 미국의 역사적인 장소. 일시적으로 존재한 매사추세츠 유토피아 공동체로 1834년 6월에 브런슨 올컷과 찰스 레인이 설립했다─옮긴이)'라고 불렀다.

바람 속을 달리며

오래된 붉은 집은 한동안 고요했는데, 이제는 활기를 띠기 시작했다. 어둠과 적막이 흐르던 곳에서 엄청난 모험이 시작되려 했고, 처마 주변과 굴뚝 위로 날아다니는 제비처럼 새로운 희망이 집 안 곳곳에 드리워졌다. 루이자는 대문 앞 바위에 올라서서 갑작스럽게 이사 오게 된 집을 바라보며 아주 멋진 놀이터를 만들겠다는 생각으로 기대에 부풀었다.

루이자는 사람 손이 닿지 않은 들판을 뛰어다닐 생각에 들떠 있었다. 콩코드의 자유로움은 비할 바가 못 되었다. 보스턴 커먼에서 지내던 시절, 루이자는 굴렁쇠를 누구보다 잘 굴렸는데, 여섯 살 무렵에는 굴렁쇠를 굴리면서 보스턴 커먼 지역 전체를 멈추지 않고 돌 수 있었다. 콩코드에서도 루이자의 재주는 이어졌다. 어느 날은 집에서 1.6킬로미터나 떨어진 하디스 힐까지 뛰어가서는 멈추지 않고 방향을 돌려 다시 굴렁쇠를 굴렸다. 하지만 새로운 곳에서 할 수 있는 일들은 무궁무진했고, 이제 굴렁쇠는 시시하게 느껴졌다. 열 살이 된 루이자는 활기가 넘치는 망아지처럼 항상 껑충껑충 뛰어다녔다. 긴 여정 후에도 뛰어놀 수 있었지만 저녁 식사를 하러 집으로 돌아가야 했다. 계곡 언저리에 황혼이 드리우기 시작하고, 산의 모습은 흐릿해졌다. 아름다운 광경이었다. 굴뚝 안에서 피어나는 불꽃을 보며 타닥타닥하는 소리를 듣는 순간은 더할 나위 없이 좋았다. 아직 도자기 그릇들은 도착하지 않아 가족들은 양철 접시에 갈색 빵과 구운 감자를 담아 저녁상을 차렸다.

루이자는 자리에 앉은 아버지의 여윈 얼굴과 맑은 눈을 보았다. 브런슨은 조용하고 진지하게, 먹는다는 행위에 깊이 심취하기라도 한 듯한 모습으로 자기 몫을 먹었다. 브런슨의 앞에 있는 음식은 곧 중요한 실험이 시작되리라는 신호 같았다. 그 실험이란 세상을 더 살기 좋은 곳으로 바꾸는 것이었다. 그들은 그곳에서 완벽한 삶을 살 테고, 다른 사람들에게도 그러한 삶이 가능하다는 걸 보여주리라고 믿었다. 브런슨은 머릿속으로 황홀한 상상을 하며 식사를 했다.

아바는 정말 새집에 도착했다는 사실에만 몰두하여 분주하게 움직였다. 밖은 공기가 신선하고 맑았지만, 마차를 타고 온종일 이동한 탓에 아이들은 지쳐 있었다. 세 살배기 메이는 이미 잠들었고, 통통한 여덟 살짜리 엘리자베스는 잠에 빠지고 있었다. 애나의 크고 검은 눈은 스르르 감겼지만, 루이자는 정신이 말똥말똥했다. 브런슨이 일어나서 접시를 치우고 진심 어린 이야기를 하기 시작했다. 새로운 곳에서 삶의 큰 부분을 차지하게 될, 햇빛을 받는 만물에 관한 이야기로, 아이들이 흥미로워할 수 있으면서도 가족 모두에게 의미 있을 이야기였다.

하지만 루이자는 아버지가 들려주는 이야기를 끝까지 들을 수 없었다. 밖에서 긴 하루를 보낸 날이면 하루의 끝은 정해져 있기에, 졸음이 갑자기 찾아오고 시야가 흐릿해져서는 침대로 향해야 했다.

1843년은 잘 알려진 시기의 끝자락이었다. 유럽과 미국의 기나긴 전쟁으로 가난과 실업, 혼란스러운 고통이 찾아왔다. 사람들은 무언가 잘못되고 있다고 말하곤 했지만 몇몇 사람만이 새로운 삶의 방식을 위한 계획을 세웠다.

프루틀랜즈에서 지내던 올컷 가족과 브런슨의 동료들은 사유 재산은 옳지 못하며, 모든 것은 공동 소유해야 한다고 생각했다. 그들은 인간이 살기 위해 동물을 죽이거나 동물에게 노동을 강요해서는 안 된다는 원칙을 따랐다. 집안 남자들은 양에게서 빼앗은 양털이나 노예의 노동력으로 얻는 면직물 대신 기다란 리넨 작업복을 입었다. 해가 뜨면 일어나서 찬물로 샤워하고, 콩코드에서 먹던 식단처럼 채소와 빵, 과일, 곡물죽을 먹었다. 아침 식사는 서둘러 먹었고, 정적 속에서 점심 식사를 했다. 하지만 저녁 식사 시간에는 중요한 문제에 관한 토론이 벌어졌다. 그들은 노예제를 확고하게 반대했다.

네 자매 덕분에 낡은 집의 분위기는 늘 즐거웠다. 아이들과 함께 있는 철학자들은 엄숙함을 지키기 힘들 지경이었고 이 행복은 집 안 곳곳에서 느껴졌다. 루이자는 여름 내내 아주 기쁜 나날을 보냈다. 산 위쪽으로 해가 떠오르면 잠에서 깨어나서 이슬이 맺힌 초원을 비추는 햇빛 속으로 뛰어갔고, 언덕에서 아침의 신선한 공기가 불어오면 바람과 함께 언덕을 달렸다. 그럴 때면 몸이 너무 가벼워서 자신이 바람보다 더 빠르게 느껴졌다. 가끔 소나무들 아래 그늘에 앉아 있으면 나뭇가지 사이로 들려오는 산들바람의 깊은 노랫소리를 들을 수 있었다. 붉게 달아오른 얼굴로 산책에서 돌아오면, 조용하고 부지런한 애나 옆에서 집안일을 했다.

루이자의 집에는 농장에서 여름을 보내는 어린아이들의 즐거움과 유쾌함이 느껴졌다. 단단한 땅을 고르게 해주는 황소, 씨앗이 싹을 틔우고 어둡던 밭고랑이 녹색으로 변하는 기적, 높이 날아오르는 까마귀, 햇볕에 말라가는 블루베리의 향기, 바위에 앉은 마멋의 근엄한 표정, 이 모든 것들이 네 자매에게는 늘 새로운 기쁨이었다. 애나와 루이자는 자신들의 생활을 황홀하게만 여기지 않고, 평범한 노동 속에서 펼쳐지는 색다른 모험이라고 생각했다. 그 노동에 이전에는 없던 자신들의 역할이 있었다. 재능 많은 애나와 열정은 많지만 여전히 서투른 루이자는 집안일을 나눠서 어머니를 도왔다.

애나와 루이자가 한 일은 즐거움과 고역의 오묘한 결합이었다. 애나는 빵을 구울 수 있어서 루이자와 함께 어른들의 도움 없이 식사를 해결했다. 숲으로 산책을 하러 갔다가 밝은 얼굴로 돌아온 애나는 눈으로 본 아름다운 것들을 말로 표현하기 어려워서 일기에 이렇게 적었다.

"내가 가장 좋아하는 단어는 '아름다움'이다."

애나와 루이자는 빨래와 다리미질을 하며 집안일을 도왔고, 바위 위 덤불에서 블루베리와 블랙베리를 따왔다. 애나는 동생들을 훈계하기도 했지만, 동생들과 놀 때는 소나무 숲에서 요정 놀이를 하거나, 참나무 잎사귀와 꽃을 모아 화환을 만들 만큼 아직은 어렸다.

하루가 끝나갈 무렵이면 애나와 루이자는 일기를 썼다. 애나는 진지하고 즐거운 생각과 그날 일어난 일들을 적었고, 루이자는 잉크로 얼룩진 일기장에 어수선한 생각들을 써 내려갔다. 언덕 위에서 바람을 맞으며 기분 좋게 달린 이야기를 적거나, 애나와 다투고 화해한 이야기, 자제하기 힘든 성향 때문에 겪는 고난도 적었다. 성격 역시 애나는 아버지를, 루이자는 어머니를 닮아 있었다. 루이자는 자기 성향을 이른 나이에 알아차렸지만 좋은 쪽으로 바꾸기는 힘들다는 것도 알았다. 두 자매는 다른 성향에도 언제나 서로를 향한 변치 않은 사랑을 깨달으며 하루를 마무리했다. 자매는 지붕 아래에 있는 작은 방에서 잤는데, 지붕 쪽에서 들리는 바람 소리와 키 큰 느릅나무가 흔들리는 소리, 머리 쪽 지붕 판자로 떨어지는 빗방울 소리를 들으며 잠에 빠졌다. 때때로 루이자는 그날 일어난 일이 머릿속을 가득 채워서 어둠 속에서 말똥말똥 깨어 있기도 했다. 어둠 속에 누워 혼자 시를 낭송하기도 했는데, 시의 운율이 나뭇잎 바스락거리는 소리, 또는 빗방울 떨어지는 소리와 섞이면서 자장가가 되기도 했다.

아이들은 방앗간에서 흠뻑 젖은 바퀴 위로 물이 튀는 모습을 지켜봤다. 둑 위쪽에서 흐르던 물줄기가 아래로 떨어지면서 햇빛을 받아 하얗게 빛을 내며 물웅덩이 쪽으로 흘러갔다. 아이들은 건초를 모으고 수레로 옮기는 일을 돕거나 나무에 올라가서 인형에게 나뭇가지로 그늘을 만들어주고, 고사리로 주변을 꾸미며 하루를 보냈다. 비 오는 날이면 넓은 부엌에 앉아서 책을 읽기도 했다. 브런슨은 밤이 되면 아이들에게 자신이 가장 좋아하는 책을 큰 목소리로 읽어주었다. 루이자는 그 책에 대한 이야기를 일기에 이렇게 적었다.

"사랑하는 천로역정."

잘 시간이 되면 브런슨은 책을 덮고 온화한 미소로 방안을 둘러보고는 이렇게 물었다.

"하느님이 하신 일 중에서 가장 훌륭한 일이 무엇이지?"

찰스 레인, 에이브럼 우드, 조지프 파머(1791~1873, 프루틀랜즈 공동체의 일원이자 루이자 메이 올컷과 초월주의자들의 동료-옮긴이)는 물론 아이들에게도 하는 질문이었다. 애나는 곰곰이 생각에 잠겼고, 루이자는 그때그때 떠오르는 말로 대답했으며, 어린 엘리자베스는 쏟아지는 졸음을 이기지 못했다. 아침부터 한순간도 쉬지 않고 일한 아바는 등불 근처에 앉아서 바느질이 삶의 전부인 양 바느질에 몰두했다. 아바는 집안일을 도맡아 했기에 브런슨의 질문에 굳이 답하지 않고 저녁이면 자신만의 생각에 잠겼다.

루이자의 긴 팔과 다리는 주체할 수 없을 정도로 빠르게 자랐다. 여전히 언덕 위에서 달리는 걸 좋아했지만, 숲 가장자리에 오랫동안 가만히 앉아서 프루틀랜즈를 내려다보며 하느님의 훌륭한 업적이나 인간의 본성, 집안 철학자들이 나누는 대화와는 상관없는 이야기들을 생각하고 또 생각하곤 했다.

어린 시절 루이자에게 일어난 일이 있는데, 시기는 분명치 않지만 루이자의 인생에서 결코 빼놓을 수 없는 일이 있었다.

　어느 날, 루이자는 부엌 오븐에서 이상한 소리를 들었다. 벽난로를 쓰기 전이었고, 불이 밖으로 보이는 오븐이 유일한 요리 수단이었다. 일반적으로 벽돌로 만든 오븐이 있는 곳에는 큰 굴뚝이 있었고 오븐 입구에는 철문이 달려 있었다. 벽돌 오븐에서만 굽는 빵이 있지만, 루이자의 귀에 들리는 소리는 빵을 굽는 소리가 아니었다. 단숨에 호기심에 휩싸여 오븐의 철문을 열자, 어떤 사람과 눈이 마주쳤다. 검고 수척한 얼굴은 사냥에서 잡힌 동물처럼 거칠고 무서워 보였다. 루이자는 놀라서 문을 쾅 닫고는 아바에게 뛰어갔다.

　아바는 루이자에게 "오븐 안쪽에 남자가 숨어 있다"고 속삭인 뒤에, "콘트라밴드Contraband"라고 했다. 루이자는 오븐 속 남자에 대해 이야기할 수 없었다. 그 남자의 존재를 아는 집안사람들이 혹시나 다른 사람이 엿들을지도 모른다는 두려움에 서로 말을 아꼈기 때문이다. 콘트라밴드는 남부 농장에서 빠져나와 자유가 주어지는 캐나다로 도망가는 신세의 노예들을 지칭하는 단어였다. 그들을 불쌍히 여기는 사람들은 기꺼이 숨겨주고 안전해질 때까지 숨을 장소를 이리저리 옮겨주었다. 노예들은 붙잡히면 다시 사슬로 묶이고 채찍질당하는 신세가 되었으며 숨겨준 사람들도 법적 책임을 피할 수 없었다.

도망 노예에 관한 문제는 노예제 논쟁이 뜨거워지기 훨씬 전부터 남부와 북부 사이에서 민감한 사안이었다. 노예 문제에 대한 분노가 최고조에 이르렀을 때, 사우스캐롤라이나주는 자매결연을 한 주들을 연합에서 몰아냈다. 그리고 북부가 도망친 노예들에게 상습적으로 피난처를 제공하고, 남부와 맺은 최초의 협약을 지키지 않았다고 발표했다. 도망 노예로 인한 논쟁은 점점 심각해지더니 남북 전쟁으로 이어졌다. 노예들을 돕고 숨을 장소를 제공한 사람 중에는 아바와 브런슨도 있었다. 루이자는 이후에도 이 사건을 결코 잊지 못했으며, 프루틀랜즈의 언덕에 앉아 혼자 노예 제도에 대해 생각을 하기도 했다.

비탈진 들판의 곡식은 루이자보다 더 빠르게 자랐다. 여름이 지나면서 나무에 달린 사과는 점점 커져갔다. 새로운 시도에 대한 질문을 너무 많이 받는 프루틀랜즈의 철학자들은 계획과 원칙을 설명하느라 일할 시간이 부족했다. 수확 시기가 다가오자, 겨울 동안 헛간에 쌓아둘 농작물에 프루틀랜즈의 생사가 달려 있는 그들은 새롭게 경작한 밭의 곡물 수확량을 걱정했다. 잘 익은 농작물을 거두어 말리려고 모아두려 할 때, 의회에서 소환장이 도착했다. 보리 수확보다 소환장이 더 다급했던 브런슨과 동료들은 아바와 네 자매, 그리고 어린 윌리엄 레인에게 농장을 맡긴 채 길을 나섰다.

남은 가족들은 조용한 일상을 보낼 때도 있지만, 곤란한 상황에 처하기도 했다. 북동쪽에서 비바람이 불며 먹구름이 몰려온 날이었다. 먹구름 사이로 바람이 불며 번개가 쳤고 장대비가 쏟아졌다. 아이들은 곡식을 담을 수 있는 바구니와 가방을 들고 밖으로 뛰어갔고 아바는 소나무에 걸어둔 리넨 천을 낚아채서 아이들을 따라 뛰었다. 그들은 천을 땅에 펼치고는 일개미처럼 일하기 시작했다. 곡물을 거둬 헛간으로 나르고 숨을 헐떡이며 다시 천을 펼쳤다. 날카로운 곡식단이 비어져 나와 아이들의 목을 할퀴고 발바닥을 찌르기도 했지만, 다행히 비바람이 멈출 때까지 헛간에 농작물들을 안전하게 모아둘 수 있었다. 적어도 겨울을 보낼 만큼은 곡식을 거뒀다.

옥수수 수확 철에 아이들은 옥수수 껍질을 벗겼는데, 이 일은 밤까지 계속되었다. 날씨는 점점 추워져서 높은 산에서 불어오는 모진 바람이 집까지 들이닥쳤다. 철학자들의 모임 참여자 수는 점점 줄어들었다. 일부는 힘든 노동으로 열정이 사그라들었고 대부분은 추위와 근심으로 모임에 참여하길 꺼렸다. 하지만 찰스 레인과 아들 윌리엄은 모임을 포기하지 않았다. 브런슨도 마찬가지였고, 큰 방에서 멀리 떨어진 작은 서재에서 찰스 레인과 오랫동안 이야기를 나누었다. 네 자매는 그들이 돈, 곡식, 수입 등과 같은 어려운 이야기를 하는 것을 듣기도 했다.

　루이자는 곧 근심의 구름이 그들의 머리 위에 드리웠음을 직감했다. 브런슨은 가족들을 위해 충분한 식량을 마련하고자 하는 의지가 강해서 농장에서 여러 명의 몫을 해냈다. 항상 피곤했지만 지친 기색을 드러내지 않았다. 브런슨을 묵묵히 응원하는 아바 또한 지쳐 쓰러지기 직전이었지만 흔들림 없이 주어진 일과를 해냈다. 아바의 강인한 얼굴에 내려앉은 표정은 걱정이 아니라 두려움이었다.

　올컷 가족은 6월에 엘리자베스를 위해 화려한 생일 잔치를 준비했다. 숲속 작은 나무를 선물들로 꾸몄고, 다 같이 오솔길을 걸으며 찰스 레인의 바이올린 연주에 맞춰 노래를 불렀다. 찰스 레인은 아이들에게 음악을 가르쳤고, 브런슨은 다른 교육을 담당했다. 두 가족은 모든 일을 함께했다. 아바와 아이들은 밭에서 건초를 갈퀴로 긁어모았고, 브런슨은 종종 요리를, 찰스 레인은 빨래를 도왔다. 처음에는 모두가 즐거웠지만 그 즐거움은 오래가지 않았다. 축제라고는 할 수 없는 눈이 많이 내린 11월 29일, 그날은 루이자와 브런슨의 생일이었다.

　"우리 계획은 잘못되었어." 브런슨은 서재에서 동료에게 절망적인 말을 들었다. 찰스 레인은 불안해하지 않고 브런슨과 대화를 이어가고자 했다.

"셰이커교(17세기 후반 프랑스에서 조직된 개신교 종파. 프랑스에서 박해를 받아 영국으로 이주했고, 퀘이커교와 협조하며 발전했다-옮긴이) 사람들, 셰이커 교단은 우리가 실패한 것을 성공했어."

강 건너 언덕 기슭에 자리 잡은 셰이커교 마을에는 소박한 집들과 널찍한 과수원, 잘 경작된 밭이 있었다. 그들은 재산을 공동으로 소유했고, 일도 함께 나눠서 했다. 남성과 여성이 각기 다른 건물에서 살았는데, 결혼을 믿지 않았고 남편이나 아내, 아이들과 같은 가족이 없어야 한다고 생각했다. 정부는 공동으로 아이를 키우는 그 마을의 시설에서 고아나 버려진 아이를 보살필 수 있는 권리를 주었다. 그들은 좋은 음식을 먹었고 실용적인 교육을 받았지만 애나와 루이자는 맞은편 언덕에 있는 회색 건물을 볼 때면 그들에게 사랑이 있을지 궁금했다. 아기들은 누군가가 달래주길 바라며 울음을 터뜨린 적이 있을지, 큰 여자아이들은 어머니처럼 자신의 일부라 느껴지는 소중한 사람이 있을지 의문이 들었다.

프루틀랜즈의 생활은 낯설고 힘들었지만, 네 자매는 사랑과 보살핌을 받으면서 자랐기에 불편함과 궁핍은 문제가 아니었다. 사랑 안에서 자라던 애나와 루이자의 걱정거리는 가족에게 서서히 슬픔과 절망이 다가온다는 사실이었다. 브런슨과 찰스 레인은 셰이커교 마을에 자주 갔고, 아바는 그 모습을 창문으로 지켜볼 수밖에 없었다.

어느 날 밤, 루이자는 자려고 침대에 들어갔다가 몸을 떨며 흐느끼는 애나를 발견했다. 애나와 루이자는 서로를 껴안은 채, 걷잡을 수 없는 울음을 터뜨렸다.

"무슨 일이야?" 루이자가 애처롭게 물었다.

애나는 찰스 레인이 아바를 비롯하여 네 자매가 프루틀랜즈에 있어서는 안 된다고 생각하는 것 같다고 말했다. 그가 브런슨에게 가족을 포기하고 셰이커 교인처럼 살라고, 아이들 또는 가족이 있다는 사실을 잊고 살라고 권유했다는 것이다.

루이자는 잠시 넋이 나갔다. 자매는 가진 건 별로 없지만 서로가 있었고, 그들은 누구보다 부모를 사랑하고 존경했다. 루이자의 강하고 따뜻한 본성은 이상적인 아버지와 헌신적으로 고생하는 어머니, 온화한 마음을 지닌 동생들 엘리자베스, 메이와 함께하길 원했다. 루이자는 가족을 사랑했고 지키고 싶었다. 차분하고 훌륭한 계획이 있는 아버지에게 일상적인 생활을 유지하도록 돕는 가족이 필요하다는 사실을 알았다. 찰스 레인은 원대한 목표를 위해서는 가족의 사랑이나 신뢰, 헌신과 같은 사소한 것을 포기해야 한다고 주장할 터였다. 그는 그러한 사소한 부분들이 모여서 삶이 만들어진다는 사실을 알지 못했다. 어둡고 우울한 그 시기에 루이자는 가족의 참된 의미를 깨닫고 평생 잊지 않았다.

'사랑하는 천로역정'이 그들에게 도움이 되었을까? 고통의 연속이었지만, 분명 모두 그 이야기에서 용기를 얻었을 것이다. 책에는 어머니 크리스티나가 이승 너머의 아름다운 삶을 향해 가려고 두려움이나 망설임 없이 강으로 내려가는 근사한 대목이 있다. 아바는 자신도 의심과 두려움의 강을 건넌다고 생각했다. 아바가 굳은 의지를 다지고 마음의 준비를 할 때, 무릎 언저리까지 차오른 강물은 매우 차갑게 느껴졌다. 아바와 두 자매는 이 상황에 대해 말을 꺼내지 않았지만 무엇이 그들을 두려움에 떨게 하는지 정확히 인지했다.

브런슨은 아이들이 자신만의 생각과 감정, 영혼을 가져야 한다고 주장했다. 그리고 아이들이 관련된 일에는 아이들도 의견을 드러내야 한다고 생각했다. 불안한 시기에 브런슨은 마침내 그 믿음에 따라 행동하기 시작했다.

찰스 레인이 잠시 떠나 있던 어느 저녁, 브런슨은 가족회의를 열고 가족 모두가 힘들어하는 문제를 언급했다. 아바, 브런슨, 애나, 그리고 루이자는 문제를 정면으로 마주했다. 브런슨의 계획을 위해 가족들은 헤어져야만 할까, 아니면 함께 있어야 할까? 애나와 루이자는 자신들의 생각을 확실히 전달할 수 있었지만, 뭔가 잘못되고 있음을 어렴풋이 느낀 메이와 엘리자베스는 울면서 아버지에게 매달렸다. 아바는 말이 없었다. 그저 브런슨에게 최선의 선택을 하라고 말할 뿐이었다. 고개를 숙인 채 아바의 말을 듣던 브런슨은 결론을 내리지 못했다. 다음 날, 찰스 레인이 돌아왔다.

하지만 어떻게 된 일인지, 찰스와 윌리엄 레인이 갑작스레 떠나면서 모든 게 안정을 되찾았다. 브런슨과 찰스 레인 사이에 몇 번의 언쟁이 있었겠지만, 그에 관련해서는 어떠한 기록도 남아 있지 않다. 12월에 혼란스러운 일이 한바탕 지나간 후, 올컷 가족은 적막한 집에서 서로 떨어지지 않으려는 듯 난로 앞으로 아주 가깝게 모여들었다.

루이자는 의자에 앉아 어색한 미소로 자신들을 바라보는 아버지에게 무슨 일이 생겼음을 눈치챘다. 가진 걸 쉽게 내어주지 않는 프루틀랜즈의 농장에서 브런슨은 가족과 동료, 그리고 그의 계획을 위해 필사적으로 일했지만, 자기 자신에 대한 의심이 그를 가장 힘들게 만들었다. 아이들과 함께 있어 행복했지만 불안함이 브런슨을 덮쳤다. 녹초가 되었고, 죽을 것 같이 아팠다. 아이들은 근심 가득한 눈으로 침대에 누운 아버지를 바라보았다. 브런슨은 매일 누워 있었고, 움직이거나 말할 수도, 음식을 먹을 수도 없었다. 점점 가족의 곁을 떠나는 듯했다.

힘든 날들이 이어지는 동안에도 아바의 마음은 흔들리지 않았다. 아이들은 아바에게서 모든 일이 잘 풀리지 않을 때 의지할 수 있는 건 하느님을 향한 믿음과 용기라는 사실을 배웠다. 느리게 지나가는 하루하루를 보내면서 브런슨은 용기를 냈다. 그는 실수를 알아차릴 만큼 지혜로웠고, 자기 삶이 망가지더라도 가족의 삶은 지키려 했다. 브런슨은 점차 죽음의 문턱에서 멀어지고, 건강과 체력을 천천히 회복하기 시작했다.

성실하고 이해심 깊은 아바의 오빠 새뮤얼이 힘든 상황에 처한 동생을 도우러 왔다. 그의 도움으로 아바는 스틸강 근처 마을에서 '최고의 벽돌집'이라는, 이름마저 자부심 넘치는 근사한 집을 빌렸다. 브런슨이 충분히 회복하자, 그들은 몇 안 되는 짐을 가지고 바람이 술술 들어오고 적막하던 집을 떠났다.

올컷 가족이 프루틀랜즈를 떠나는 모습은 즐겁던 6월의 이사 풍경과 사뭇 달랐다. 아직 완전히 회복하지 못한 브런슨은 스틸강까지 험난한 여정을 견디기 위해 담요를 덮은 채 나무 썰매에 누워 있었다. 온화한 애나는 매정한 현실에 대한 의문으로 고통스러웠지만 어떤 저항 없이 받아들이고 아버지 옆에서 함께 걸었다.

꼬리를 물고 이어지는 많은 생각 속에서 루이자가 그 뒤를 따랐다. '앞을 알 수 없는 이 난관은 어떻게 끝날까? 우리는 어디로 향하며 그곳에서 무엇을 할 수 있을까?' 그래도 그들은 함께였고, 루이자는 가족을 흩어지게 만드는 어떠한 시련에도 맞설 준비가 되어 있었다. 서로 사랑하는 사람들은 함께 견뎌나간다. 열한 살 루이자는 그저 다가오는 위험을 바라볼 뿐, 아직 할 수 있는 일이 거의 없었다. 하지만 이제 루이자는 도움을 주는 존재로 성장해야만 했다. 루이자는 언제나 누군가에게 도움이 될 준비가 되어 있었다. 언덕 너머에서 루이자의 친구였던 바람이 불어왔지만 돌아서서 바람 속으로 달려갈 시간은 없었다. 눈 위를 천천히 걷는 루이자의 얼굴에 인생의 모험을 향한 결연한 표정이 드러났다.

로드리고의 부츠

올컷 가족은 새로운 터전으로 향했다. 루이자는 스물여덟 살이 될 때까지 스물아홉 번 이사를 경험했는데, 이번은 처음도 마지막도 아닌 이사였다. 짙은 갈색 찬장에 새겨진 상처들은 올컷 가족에게 일어난 변화들에 대한 증언이었다. 문지방에 서서 침대와 소파가 흔들거리며 들어오는 모습을 바라보는 루이자의 나이는 어느덧 열셋이었다.

무거운 마음으로 프루틀랜즈를 떠나던 때를 제외하면, 올컷 가족에게 이사는 언제나 설레는 순간이었다. 그들은 갈색 집에 살게 되었는데, 집의 어두운 복도를 따라 유쾌한 목소리가 울려 퍼졌다. 오르락내리락하는 계단이 있는 복도가 익숙지 않았지만 아무도 그 작은 불편함을 신경 쓰지 않았다. 루이자는 새로운 곳에서 펼쳐질 모험에 들떠 있었다. 오래된 집 뒤로 소나무가 무성한 언덕이 있고 집 대문은 콩코드에서 렉싱턴까지 이어지는 도로와 가까웠다. 그 길을 따라 폴 리비어(1734~1818, 미국의 은세공업자이자 독립혁명 당시의 우국지사, 보스턴 지역을 달리며 영국군의 침공을 알렸다-옮긴이)가 달렸으며, 소나무 언덕으로는 독립혁명의 첫 번째 전투에 참전하려고 온 영국군이 행군한 동화책 같은 곳이었다. 올컷 가족은 반듯한 하얀 집들과 친근한 이웃들이 있는, 평화로운 콩코드로 돌아오게 되어 기뻤다.

올컷 가족은 2년 전 프루틀랜즈를 떠난 뒤 스틸강 근처에서 8개월 동안 지냈다. 그 후 콩코드에서 잠시 지냈는데, 어려움에 처한 그들에게 친절한 친구가 방을 내주었다. 마침내 보스턴으로 거처를 옮기고 아바와 브런슨은 일자리를 찾아다녔지만, 한결같이 곁에서 도와준 에머슨의 제안으로 콩코드로 돌아오게 되었다. 이때 살게 된 집은 올컷 가족의 소유였고, 드디어 영원히 정착할 곳을 찾은 듯했다. 그 집을 '힐사이드'라고 불렀고, 현재는 '웨이사이드'라고 불린다.

커다란 목조 주택은 처음에 가축우리, 목공 작업장, 헛간 등 다양한 건축물로 둘러싸여 있었다. 아바는 헛간을 집 옆으로 옮길 계획을 세웠다. 그리고 작업장을 둘로 나누어 각각 집 양쪽으로 옮겼는데, 그중 한 곳은 루이자만을 위한 작은 방이 되었다. 루이자는 이 방에 소중한 물건을 두고, 글을 쓰거나 책을 읽었다. 무엇이든 할 수 있는 공간이었다. 루이자는 머릿속에 공상이 떠오를 때마다 방에서 정원으로 통하는 문으로 나가 나무 아래로 달려갔다. 이 작은 방은 루이자가 오래도록 기다려온 자신만을 위한 공간이었다!

그 집에서 밖으로 나가는 문은 여덟 개나 됐다. 올컷 가족은 탁자 앞에 앉아 있을 때나 거실에서 책을 읽을 때도, 어디선가 문 두드리는 소리가 들리면 각자 다른 문으로 달려가 집으로 찾아온 친구를 안으로 맞았다. 이사 온 날 저녁, 가족들은 설레는 마음으로 자리에 앉았다. 애나는 부엌에서 바빴고, 루이자는 집 안에 있는 수많은 벽난로에 불을 피웠다. 엘리자베스와 메이는 몸을 씻고, 브런슨은 묶어둔 책들을 풀어 마음에 맞게 정리했다. 가족은 식탁에 모여 그날 겪은 재미있는 일들을 이야기하기 시작했다. 이사하면서 일어났던 우스꽝스럽고 사소한 사건들, 잃어버리거나 고장 난 물건들 이야기도 했다. 마음은 넉넉하지만 가진 돈은 부족한 가족에게 없는 물건에 대해서도 이야기했다.

루이자는 새로운 집에서 두 장소를 소중하게 여겼는데, 첫 번째는 집 양쪽에 위치한 작은 방이었고 두 번째는 헛간이었다. 자매들은 부유한 친구들처럼 말을 타고 마을의 그늘진 길을 달리고 싶었지만 타고 다닐 말이 없었다. 그러나 넓은 헛간은 원래 용도보다 더 다양한 목적으로 쓰이곤 한다. 알다시피, 헛간은 극장으로 쓰기에 아주 적절하다. 당시 루이자는 희곡을 쓰는 데 모든 열정을 쏟았고, 잠들기 전까지 줄거리 초안을 쓰느라 바빴다. 이야기 속에서 아름다운 여자 주인공은 지하 감옥에서 구출되고, 노예로 변장한 공주들은 진실을 알게 된 왕들과 사랑에 빠졌다. 작은 방을 가지런히 정돈하고 옷장 안에서 허브 향이 맴돌기 시작하면, 루이자는 탁자 앞에 앉아 작품을 썼다. 그리하여 로드리고 공작뿐 아니라 로드리고 공작의 부츠도 탄생했다.

며칠 뒤, 올컷 가족의 이웃 친구들이 공연을 보려고 그들 집으로 왔다. 루이자가 쓴 극은 총 3막이었는데, 네 자매가 영웅과 악당, 독이 든 컵을 들고 나타나는 어린 시종 남자아이 역할을 각자 나눠서 맡은 처음이자 유일한 공연이었다. 의상 제작에 재능이 있고 인물들에게 필요한 옷을 잘 아는 루이자가 무대와 의상을 담당했다. 고귀한 귀족 출신 영웅은 용감했고 야망이 컸다. 그러니 어떻게 옆선을 길게 튼 더블릿(15~17세기에 유럽에서 남자들이 입던 상의−옮긴이)을 입히고, 허리띠를 매게 하고, 길고 매력적인 부츠를 신기지 않을 수 있겠는가. 기발하고 적극적인 루이자는 그를 위해 부츠까지 만들었다.

어느 날 루이자는 무두질한 가죽을 귀족들이 신는 부츠 형태로 잘랐다. 그러고는 오려낸 조각들을 모아서 바느질을 했다. 만들기 시작할 때는 자신이 없었는데, 완성된 부츠는 정말로 훌륭했다. 부츠를 신으면 걷기가 꽤 어려웠지만, 다행히 루이자의 귀족들은 걷지 않았다. 그들은 큰 보폭으로 몇 걸음 만에 갇혀 있는 신부를 구출할 뿐이었다. 영광스러운 첫 번째 연극이 진행되는 동안, 루이자는 헛간에 깔아둔 판자 위를 바쁘게 오갔다. 곧 막이 내리고 오래된 헛간의 지붕 서까래가 흔들릴 정도로 박수가 쏟아졌다. 루이자뿐 아니라 배우로서 재능이 뛰어난 애나도 박수갈채를 받았다. 부츠 역시 큰 호응을 얻었는데, 그럴 만한 자격이 있었다.

첫 번째 공연이 성공하자 기쁘고 신이 난 루이자는 작은 방에서 같은 종류의 글을 계속 썼다. 루이자의 머릿속에 떠오른 장면들 대부분은 연극에서 과장된 형태로 그려졌다. 루이자는 자신이 상상하는 귀족의 모습들을 세심하게 이어 붙여서 이야기를 완성해나갔다.

이야기를 구상하고 공연하는 동안, 루이자의 마음속에 커다란 희망이 생겼다.

"배우가 될까? 아니면 극작가나 작가가 될 수 있을까?"

어떤 일을 하든, 루이자는 자기 능력으로 해낼 생각이었다. 의욕이 넘쳤지만, 루이자의 마음 한쪽에는 확실한 결정을 방해하는 고민이 자리 잡고 있었다. 아버지는 몸을 회복했지만 혼란스러운 세상 물정을 잘 몰랐고, 어머니는 생계 문제로 지쳐 있었다. 애나도 자기만의 야망이 있었고, 엘리자베스는 몸이 허약했다. 어린 메이는 아름다운 것들을 좋아하는 열정적인 아이로 커가고 있었다. 모두 서로를 진심으로 사랑하는 가족에게 루이자가 느낀 사랑과 아끼는 마음은 말로 표현할 수 없을 정도였다.

자신이 가족을 돌보겠다고 다짐한 루이자는 작은 방에서 인생 계획을 세우며 사랑하는 가족 모두의 소원을 이루어 주겠다고 맹세했다. 아버지에게는 안정감, 어머니에게는 평화와 위안, 그리고 햇볕이 잘 드는 방이 필요했다. 애나에게는 기회, 엘리자베스에게는 보살핌, 메이에게는 교육이 필요했다. 루이자가 어떤 시련이 닥쳐도 쓰러지지 않고 자신과 한 약속을 확실하게 지킨 사실은 그 어떤 이야기보다 흥미롭다.

희곡과 미래에 관한 생각만 하며 시간을 보낼 수는 없었던 루이자는 여전히 들판을 뛰어다녔고 언덕에도 올라갔다. 집 뒤쪽 산등성이 소나무 아래에 앉아서 오랫동안 사색에 잠기기도 했다. 힐사이드에서 처음으로 맞은 여름 내내, 루이자는 자유롭고 행복했다. 작은 방에서 방해받지 않고 바쁘게 글을 썼고 글 작업은 종종 밤늦도록 이어졌다. 그러다가 피곤해지면 펜을 놓고 별빛이 반짝이는 정원으로 뛰어나가 이슬 맺힌 부드러운 잔디 위를 걸었다. 때로는 휜 나뭇가지에 올라앉아서 일상을 잊을 때까지 상상의 나래를 펼치기도 했다. 그러다가 프루틀랜즈에 대한 기억을 다시 꺼내보았다.

모든 게 이해되지 않던 때였고, 시간이 지난 뒤에도 올컷 가족에게 좋지 않은 기억으로 남아 있었다. 루이자는 그 일이 완전히 끝났는지, 평범한 일상에 다시 나타나 가족을 끊임없이 괴롭히지 않을지 궁금했다. 부디 그 고통의 시간이 끝났길 바랐다.

　당시 가정을 지키려는 아빠의 노력은 조용하지만 필사적이었다. 찰스 레인의 의견에 반대하며 결국 자기 뜻대로 가족을 지켰지만, 자신의 결정이 후회될 정도로 브런슨은 슬퍼했고, 실패로 인한 마음의 병은 깊어져갔다. 아빠는 단 한 번도 쓰리라고는 생각지도 못한 내용의 편지를 써서 찰스 레인에게 보냈는데, 돌아와서 브런슨과 한 번 더 연구를 시작해달라는 부탁이었다. 브런슨이 다시 행복해질지도 모를 일이었다. 아빠는 초조하게 찰스 레인의 답장을 기다렸다. 드디어 도착한 답장의 내용은 셰이커 교인들과 합류했던 찰스 레인이 더는 그들과 함께하지 않는다는 것이었다. 찰스 레인은 셰이커 교인들과 함께한 생활도 만족스럽지 않았으며, 답장을 보낼 때는 이미 영국으로 돌아가는 길이었다. 찰스 레인이 떠나면서 지난날의 희미한 흔적마저 사라져버렸고, 그 뒤로 올컷 가족은 찰스 레인을 보지 못했다.

　프루틀랜즈 초창기 일원이었던 조지프 파머는 아무도 돌보지 않는 버려진 땅을 사서 이상적이지만 낯선 방식의 생활을 하려고 다시 프루틀랜즈로 돌아왔다. 그는 어떤 여행객도 배가 고픈 채로 자기 집을 떠나지 말아야 한다고 결심했다. 누구든 자유롭게 집에 들어와서 먹을 수 있도록 농가의 난로 한쪽에는 콩을, 다른 쪽에는 감자를 가득 담은 솥이 걸려 있었다. 궁핍한 사람들은 그 집을 피난처로 삼고 몇 달에서 몇 년을 지내기도 했다.

조지프와 아내 낸시는 초월주의 철학자로 살아야겠다는 생각은 하지 않았다. 오로지 어려운 사람들을 돕는 일만 생각했다. 그렇다고 조지프는 의지가 약하거나 우유부단하지 않았다. 한번은 에머슨이 올컷 가족에게 눈이 많이 내린 날의 소식을 전했다. 농부 더들리는 프루틀랜즈 농장에서 큰길로 이어지는, 더들리의 사유지에 있는 길의 권리를 누가 가지는지 조지프와 의견 차이가 있었다. 갈등이 있던 길에 눈이 쌓였고, 조지프는 눈을 옆으로 치워두었다. 하지만 그 땅의 주인 더들리가 삽을 들고나와서, 치워둔 눈을 다시 길 쪽으로 퍼냈다. 조지프과 더들리는 하루 종일 서로의 땅에 눈을 퍼날랐다. 무척 추운 날이었고, 누군가의 중재가 필요했다. 결국 그들은 편견 없는 공정함과 변치 않는 우정의 소유자인 에머슨이 내리는 결정에 따르기로 동의했다. 갈등은 해결되었고, 그 소식은 올컷 가족의 귀에도 들어갔다. 아직 프루틀랜즈에서의 슬픈 기억이 가시지 않았지만 네 자매는 아주 크게 웃었다. 아바도 함께 웃었는지는 알 수 없다.

화목한 올컷 가족에게 힘든 일이나 괴로운 상황이 생길 때면, 그들 곁에 언제나 에머슨이 있었다. 어떤 때는 조언과 소신을, 또 어떤 경우에는 우선 순위를 제시해주는 든든한 친구였다. 멀지 않은 곳에 있는 넓고 반듯한 에머슨의 하얀 집은 친구들의 모임 장소이자 쉼터였다. 브런슨은 에머슨의 집에 방문하면 크고 하얀 거실 벽난로 앞에 앉아 마음속 깊이 품은 생각들을 털어놓았고, 에머슨은 브런슨의 이야기에 귀를 기울였다. 붉은 벨벳 쿠션이 있는 의자와 긴 소파, 벽난로 옆에서 밝게 빛나는 에머슨의 표정을 보고 있으면, 근심 많은 철학자 브런슨도 마음이 편안해졌다. 그들은 가끔 수줍음 많은 한 청년과 함께했는데, 말이 별로 없는 청년은 한번 말을 꺼내면 자신의 확고한 생각을 드러냈다. 지나치게 소심한 헨리 소로(1817~1862, 『월든』, 『시민의 불복종』을 쓴 미국의 사상가이자 수필가-옮긴이)를 아는 사람이 거의 없었지만, 그는 따뜻한 사람이었고 올컷과 에머슨 가족의 친구였다. 벽난로 주위에 앉은 그들은 아직 다가오지 않은 전쟁으로 인한 위기, 새로운 생각들, 초월주의와 프루틀랜즈에 대한 후회와 마음속 고민들을 이야기했다. 에머슨은 토론이 격해지면 진정시켰고, 우울한 분위기를 밝게 만들었다.

아바는 에머슨에게 실질적으로 도움이 되는 상담, 특히

자신을 괴롭히는 경제적 문제에 관한 조언을 들었다. 루이자는 에머슨의 서재에 마음껏 드나들어도 된다는 허락을 받아서 천장까지 뻗은 책장에서 고른 책을 소파에서 편안하게 읽었다. 루이자에게는 브런슨과 닮은 구석이 있었는데, 바로 다양한 학문을 향한 관심이었다. 독서가 이 관심을 부추기기도 했다. 손 뻗으면 닿을 곳에 지식의 창고이자 친구 같은 책들이 있었다. 루이자는 읽고 싶은 책을 마음대로 읽으면서 가끔 다정한 서재 주인 에머슨에게 친절한 도움을 받거나 충고를 듣기도 했다. 서재에 살며시 들어왔다가 에머슨이 무언가에 열심히 집중하고 있거나 무릎에 얹은 종이에 무언가를 열심히 적고 있으면, 눈치 빠른 루이자는 최대한 소리를 내지 않고 조용히 서재에서 나갔다. 그런 루이자를 보며 에머슨은 상냥한 미소를 짓곤 했다. 루이자는 넓고 햇살이 잘 드는 식당이나 철학자 친구들의 발길로 낡아버린 카펫이 깔린 초라하지만 인기 많은 거실에 잠시 머물렀다. 손님이 지내는 방도 몰래 들여다봤을지 모른다. 손님 방은 특별히 식사 공간과 이어져 있는데, 『천로역정』을 좋아하는 에머슨은 그 방을 '동쪽으로 향하는 방'이라고 불렀다. 방 창문을 열면 들판과 돌담, 길을 따라 늘어선 언덕 너머로 사라지는 사과나무들이 보였다. 매슈 아널드(1822~1888, 영국의 시인이자 평론가―옮긴이)가 이 방에 머문 적 있고, 많은 유명 인사들이 에머

82

슨을 만나려고 멀리서 찾아오곤 했다.

낭만주의 시대를 살던 루이자는 지나친 환상이 담긴 희곡을 쓰거나 연기했고, 연애 소설을 읽기도 했으니 헤아릴 수 없는 깊은 감정에 빠지는 건 당연했다. 루이자는 에머슨의 서재에서 위대한 시인 괴테를 향한 한 여자아이의 애정과 존경심을 이야기한 책을 발견했다. 그 책을 읽은 순간, 루이자는 책 속 여자아이 베티네처럼 되어서 에머슨을 열렬히 존경하기로 마음먹었다. 루이자는 에머슨을 향한 애정 어린 감정을 조금씩 키워나갔다. 작은 방에서 늦게까지 글을 쓰다가 컴컴한 정원으로 살며시 나가 크고 아늑한 벚나무에 올라가서 어두운 언덕 위에 뜬 달을 바라보았다. 그리고 마음속에 품은 사랑을 곱씹었다. 루이자는 성장하고 있었다. 하지만 고요한 밤에 소리없이 나타난 부엉이들 때문에 놀라 황급히 집 안 침대로 뛰어 들어갈 만큼 아직은 어린아이였다.

루이자는 에머슨의 집 문 앞에 수줍게 꽃을 두고 창문 아래로 가서 독일어로 에머슨을 향한 세레나데를 불렀다. 하지만 들은 사람이 아무도 없을 정도로 너무 작게 불러서 에머슨은 어린 루이자의 마음을 전혀 알아채지 못했다. 세월이 지나 훌쩍 자란 루이자는 그 시절 이야기를 친구에게 들려주었고 둘은 루이자가 느낀 감정의 크기보다 더 큰 소리로 웃었다. 루이자는 에머슨에게 보내지 못할 편지를 여러 번 쓰기도 했다. 나중에 그 사실을 알게 된 에머슨이 루이자에게 편지를 보여달라고 부탁했지만 볼 수 없었다. 루이자는 신중하게 고민하여 에머슨에게 쓴 편지들을 없앴고, 에머슨이 편지의 존재를 알게 되었을 때는 이미 편지들이 모두 불에 타서 없어지고 난 후였다.

헛간에서 픽윅 클럽(Pickwick Club, 찰스 디킨스의 소설 『픽윅 페이퍼스』(1837)에서 따온 이름-옮긴이) 회의가 열렸다. 회원은 루이자와 자매들뿐이었지만 아이들은 꾸준히 신문을 발행했다. 신문은 아이들이 열심히 쓴 작품들로 가득했다. 애나는 감성적인 이야기를 쓰고, 루이자는 근사한 시를 썼다. 두 자매는 집 뒤편 언덕에 우체통을 만들어서 친구가 그곳에 편지나 꽃, 책을 넣어두면 답장을 썼다. 우체통은 모두에게 사랑받았고, 올컷 가족이 힐사이드에 사는 내내 그 자리를 지켰다.

그렇게 힐사이드에서 맞은 첫 번째 여름이 지나갔다. 어느 가을날, 아침 일찍 달리기를 하러 나간 루이자는 강 위로 떠오르는 해를 보려고 나무가 우거진 산등성이 정상으로 향했다. 고요한 아침, 주변에는 붉은 단풍나무와 자작나무들이 즐비했고, 낮은 초원 위로는 옅은 안개가 흘렀다. 그 너머로 해가 떠올랐을 때, 믿을 수 없을 정도로 완벽하게 황홀한 순간이 펼쳐졌고, 루이자는 갑자기 다른 사람이 된 듯한 기분이 들었다. 나중에 루이자는 그 순간 하느님의 뜻을 이해할 수 있었다고 했다. 하느님이 준 세상의 아름다움을 알게 된 루이자는 앞으로 영원히 간직할 순간을 마음에 품은 채 집으로 돌아왔다.

루이자는 열세 번째 생일이 지나고 시작된 봄부터 열여섯 살 가을까지 힐사이드에서 지냈다. 교육을 받으며 재능을 발견하고, 새로운 친구들을 사귀며, 중요한 시간을 보냈다. 루이자의 인생에서 가장 행복한 나날들이었다.

열네 살이 되던 겨울에는 처음으로 학교에 입학했다. 루이자와 애나는 부모에게 야단법석을 떨며 학교에 보내달라고 졸랐다. 브런슨은 학생들을 가르치지는 않았지만, 딸들의 교육을 책임질 수 있다는 사실에 자부심을 느꼈다. 하지만 한편으로는 아이들이 친구들과 어울릴 시기이고, 혼자 하는 공부를 끝내야 할 때라고 생각했다. 아바의 생각도 마찬가지였다.

애나는 학교 생활에 재미를 느끼고 쉽게 적응했다. 루이자는 언니와 다르게 수줍음이 많았고, 또래 친구들과 함께 있으면 눈에 띌 정도로 키가 커서 마음이 불편했다. 지나치게 크고 투박한 손과 발도 부담스러웠다. 긍정적이고 밝은 성격 덕분에 금세 친구들과 잘 지낼 수 있었지만 친구들은 루이자를 알아갈수록 갑작스러운 루이자의 감정 변화에 당황하기도 했다. 활기찬 모습이 사라지고 어느 순간 조용해진 루이자는 친구들 물음에 대답도 하지 않고 사색에 잠기곤 했다. 루이자도 설명하기 힘든 낯선 감정이었다. 그러다가 우울함이 사라지면 다시 밝은 모습으로 돌아왔다. 루이자는 여자아이들 중에서 달리기가 가장 빠르고 점프 실력이 좋았으며, 담장도 쉽게 넘을 만큼 다리가 길었다. 그래서 항상 자신이 남자가 아니라는 사실을 아쉬워했다.

자매는 입학한 지 2년째 되는 해부터는 학교에 가지 않았고, 아버지와 소로가 직접 아이들을 가르쳤다. 루이자는 크면서 느끼는 새로운 감정들을 받아들이는 데 여념이 없었다. 그래서 가족 누구도 루이자가 가족의 앞날을 책임지리라 결심했다는 사실을 알지 못했다. 루이자는 열여섯 살이 되자 계획을 실행하기로 했다.

첫 연극이 공연된 헛간에서 사랑하는 가족을 위한 루이자의 첫 번째 모험이 시작되었다. 루이자는 에머슨의 제안으로 헛간에 작은 학교를 세웠는데, 학생 대부분은 에머슨의 자녀들이었다. 에머슨은 브런슨을 존경하고 그가 지닌 사상과 신념을 존중했지만, 자녀들의 교사로는 어린아이들이 확실하게 이해하고 받아들이도록 가르칠 수 있는 루이자를 선택했다.

아버지에게서 받은 교육은 덕분에 루이자는 훌륭한 교

사가 되었지만 가르치는 일을 사랑하지는 않았다. 루이자는 아이들에게 지식 말고도 일에 필요한 에너지와 지치지 않는 열정을 전하며, 차별 없이 모두에게 친절했다. 아이들의 마음을 가장 잘 이해할 수 있는 길은 교육이었고, 어린 소녀들과 루이자는 서로에게 많은 것을 배웠다. 루이자는 너그러운 마음으로 아이들을 가르쳤지만, 자기 일을 사랑하는 방법은 알지 못했다. 루이자는 지나치게 성급하고 침착하지 못했는데, 학생 중 가장 나이가 어린아이만큼이나 오랜 시간 가만히 앉아 있는 걸 어려워했다.

그러나 진실한 결단은 인내심의 빈자리를 채울 수 있다. 루이자는 책상 앞에 앉아서 학생들을 지휘하면서 머릿속으로는 사랑 이야기를 생각했다. 날아가는 검푸른 제비 무리처럼, 열린 문을 통해 루이자의 생각도 밖으로 뻗어나갔다. 루이자를 동경하던 엘런 에머슨은 자주 힐사이드에 왔고, 루이자도 에머슨의 집에 들르곤 했다. 루이자는 엘런을 위해 이야기를 몇 편 쓰기 시작했는데, 이전 작품들처럼 비현실적이지 않았다. 꽃과 새, 들판이 등장하고, 짧은 우화처럼 마음속에 자연스럽게 떠오르는 이야기로, 아이들을 가르치며 얻은 소재로 써 내려간 이야기였다.

당시에는 학문적인 노력은 크게 인정받지 못했고, 여름 수확이 더 가치 있었다. 가을이 되자, 올컷 가족에게 중요한 문제가 생겼다. 집은 있었지만, 수입이 너무 적어 여섯 가족이 충분히 먹고살기 힘든 상황이었던 것이다. 브런슨은 가족을 위한 일이라면 가리지 않고 부지런히 찾아 헤맸지만, 일자리를 얻지 못했다. 손으로 하는 노동으로는 만족스러운 수입을 벌 수 없었다. 농사는 잘 알았지만, 프루틀랜즈에서 경험한 바로는 그의 기준과 이론이 농사에 적합하지 않았다. 상업적인 일을 하기에는 가진 재주가 없어서 회계 사무소나 부동산에도 할 만한 일은 없었다. 하지만 브런슨은 그의 생각을 이해하는 사람들에게는 존경의 대상이었다. 그는 훌륭한 연설가이자 작가였으며, 해박한 사상가이고 믿음직한 동료였다. 가족들의 삶에 실질적 도움을 주려고 언제나 노력했지만 세상의 벽을 넘기는 힘들었다. 시간이 흐른 뒤에야 브런슨의 능력은 인정받았지만 아직은 아니었다.

올컷 가족은 프루틀랜즈에서 그랬듯이 문제를 해결할 방법을 찾으려고 가족회의를 열었다. 이제는 힐사이드에서 행복한 생활을 이어갈 수 없다는 생각에 회의 분위기는 어둡고 우울했다. 아바가 보스턴에서 가난한 사람들의 집을 찾아가 돕는 일을 제안받았고 한 친척이 그들이 살 집을 마련해 줬다. 그 순간에는 올컷 가족에게 콩코드를 좋아하는 마음이나 친한 철학자와 동료들에게 느낀 친밀감보다 삶에 필요한 옷과 음식이 더 절실했다. 가족회의 끝에 결론을 내렸고, 올컷 가족은 또다시 새로운 곳으로 떠나게 되었다.

콩코드에서 교사로 일한 경험은 루이자에게 보스턴에서 아이들을 가르치는 일을 할 용기와 자신감을 주었다. 루이자는 보스턴 곳곳에서 2년 동안 아이들을 가르쳤다. 그러면서도 집안일을 돕고, 재봉 일을 하고, 가정 교사로서 아이들을 돌보았다. 할 수 있는 일이라면 가리지 않았지만 벌이가 크게 나아지지는 않았다. 올컷 가족은 종종 힘든 시기가 찾아와도 낙담하지 않았다. 불행한 순간에도 언제나 기쁨은 있었고, 웃음을 유발하는 사건들은 가족의 소소한 농담거리가 되었다. 가족들은 밤이 되면 탁자 위 등불 주변으로 모여서 그날 있었던 일들을 이야기하며 남은 하루를 기분 좋게 마무리했다. 애나는 아이들을 가르쳤고, 루이자는 여러 가지 일을 했으며, 메이는 학교에 다녔다. 하루 일과가 끝나면, 아바는 책을 읽어주거나 이야기를 들려주었다. 네 자매 중에 적어도 한 명은 그때 들은 이야기들을 잊지 않고 기억했다.

어느 날, 성직자 옷을 입은 남자가 아바에게 몸이 불편한 자기 여동생을 돌봐줄 사람을 찾는다고 말했다. 예의 바른 젊은 여자면 좋겠고, 동생에게 책을 읽어주고 간단한 집안일을 해주면 된다고 했다. 가족처럼 지낼 수 있으면 좋겠다는 말도 덧붙였다. 사람들은 이런 부탁을 할 때면 종종 아바를 찾아왔는데, 아바는 가난한 여자들을 돕고 그들이 지낼 만한 집을 찾아주는 사무실에서 일을 했기 때문이다. 낯선 남자가 말한 일은 지나치게 쉽다는 것 말고는 이상한 부분이 없었다. 그 집에서 함께하게 될 사람은 아주 좋은 곳에서 편안하게 배려받는 생활을 할 터였다.

남자의 말을 엿들은 루이자는 그 집에 가고 싶은 마음이 간절해졌다. 열여덟 살이나 되었지만, 친구들이나 지인들을 도운 것 외에는 다른 일을 한 경험이 없었다. 그러니 이 일은 절대 놓치고 싶지 않았다. 루이자는 유쾌하지만 아픈 여동생이 있는, 안락한 집을 상상했다. 집안사람들에게 안정과 활기를 전해주고, 인정과 사랑을 듬뿍 받는 자기 모습도 상상했다. 어머니가 루이자에게 혹시 추천할 만한 사람이 있는지 물어보았을 때, 루이자는 곧바로 대답했다.

"제가 잘할 수 있어요."

남자가 돌아간 후, 아바는 충동적으로 결정을 내린 루이자를 설득했다. 하지만 루이자는 이미 마음을 정한 상태였고, 행복한 미래만을 생각했다. 그런데 루이자를 고용할 남자에게 급여를 물어보았더니 돌아온 대답이 조금 이상했다. 그는 노동의 대가를 말할 때 그런 저급한 단어를 쓰지 않는다며, 이제 루이자는 가족과 마찬가지니까 '급여'는 적절한 표현이 아니라고 했다. 당연히 일한 만큼 충분한 보상을 할 테고, 급여보다 더 적절한 이름으로 지급되리라고 했다. 그 소식을 들은 애나와 동생들은 재밌다는 듯이 웃었지만, 아바는 여전히 루이자가 그 일을 맡는 것에 반대했다. 하지만 루이자의 입장은 확고했다. 그곳 사람들은 도움이 필요한 상황이니 일을 받아들이지 않을 구실을 만드는 건 옳지 않다고 생각했다. 전혀 모르는 사람들과 함께하는 생활이나 급여에 대한 확실한 합의도 없고, 무슨 일을 하게 될지 정확히 모른다는 사실은 생각하지 않았다. 약속한 날이 되자 루이자는 적어둔 주소로 찾아갔고, 만성 신경통을 앓는 동생 엘리자와 정식으로 인사를 나누었다. 루이자는 양쪽 집에 한 달 동안만 일해보겠다고 전했다.

　　루이자는 자기 생각이 잘못되었음을 깨달았다! 암울한 집 안은 추웠고, 기력 없는 엘리자의 아버지는 온종일 졸기만 했다. 아픈 엘리자는 아버지 곁에 무기력하고 슬픈 표정으로 앉아 있었다. 나이 지긋한 하인은 주방에서 느릿느릿 걸어다니며 식사를 준비했다. 집안 형편상 풍성한 식사는 기대할 수 없었고, 엘리자에게 책을 읽어주는 일도 생각조차 할 수 없었다. 루이자는 헛간에서 연탄을 가져오고, 우물에서 물을 길었다. 높고 가파른 계단 위로 무거운 짐을 나르거나 잿더미를 옮기고, 길에 쌓인 눈을 치우는 날도 있었다. 다른 일이 없으면 바닥을 쓸거나 걸레질을 했다. 루이자의 마음에는 분노가 쌓이고, 자신에게 화가 났다. 하지만 모든 고통이 자기 선택에서 비롯되었음을 솔직하게 인정할 수밖에 없었다.

루이자는 약속대로 그곳에서 한 달 동안 머물렀다. 재를 옮기고 나무를 쪼개어 불을 피우고 가엾은 엘리자의 식사를 도와주었다. 그 집에서 지내는 동안, 누구도 급여에 대해 언급하지 않았다. 고용인인 엘리자의 오빠는 거만한 태도로 루이자를 무시하며 어느 날은 루이자가 할 일을 끝내지 않았다며 꾸짖었다. 쌀쌀맞은 말투로 자기 부츠가 더럽다며 부츠를 닦으라고 명령하기도 했다.

루이자는 그 말을 따르지 않았고, 거절을 돌려서 표현하지도 않았다. 물론 걷는 게 힘들 정도로 나이 든 엘리자의 아버지와 몸이 불편한 엘리자가 가여웠지만, 엘리자의 오빠는 사실과 다른 말로 루이자의 가족을 속이고, 루이자를 그 집으로 오게 만든 장본인이었다. 그런 사람에게 루이자가 좋은 감정을 느낄 리 없었다. 오빠는 자존심이 상했다며 루이자에게 따지려 들었지만, 아무런 소용이 없었다. 루이자는 무슨 일이 있어도 그의 부츠를 닦지 않을 생각이었다.

늦은 밤에 어두운 복도에서 작은 소리가 들렸다. 문밖을 내다보니 하기 싫은 일을 직접 하게 되어 씁슬한 표정으로 솔과 걸레를 들고 부츠를 닦는 엘리자의 오빠가 보였다. 루이자는 추위로 몸을 떨면서도 그 상황을 지켜보며 오랜 시간 즐거워했다. 주위에 아무도 없었지만, 우울한 집에서 웃을 수 있는 일을 찾아서 기뻤다. 괴롭던 한 달이 끝나갈 무렵, 루이자는 그 집 가족에게 더는 머물지 않겠다는 뜻을 확실히 전했다. 가엾은 엘리자가 슬퍼하며 눈물을 흘리자 마음이 약해진 루이자는 또 충동적으로 대신할 사람을 구할 때까지 집에 남기로 했다. 일에 관심을 보인 사람이 있었지만, 이 가족들이 사는 모습을 보고는 루이자에게 어리석다고 혀를 차며 돌아갔다.

3주가 지나도록 루이자는 여전히 그 집에서 일하고 있었다. 세 번째 후임자 후보가 방문했을 때, 루이자는 그 사람이 따로 생각해볼 시간을 주지 않았다. 짐을 싸고는 후임자가 집으로 들어오자 거실로 나가서 가족들에게 작별 인사를 했다. 엘리자의 오빠는 보이지 않았지만, 엘리자의 아버지는 무척 아쉬워했고, 딱한 엘리자는 또다시 울음을 터뜨렸다. 엘리자는 루이자에게 돈이 든 작은 지갑을 건넸다. 7주 동안 애써준 데 대한 보답이었다. 루이자가 아래층으로 내려오자, 부엌에서 나이 든 하인이 나왔다. 그 여자는 루이자가 빨갛게 상한 손으로 쥐고 있는 지갑을 이상한 눈초리로 쳐다보았다. 그러고는 이런 말로 루이자의 기분을 상하게 했다.

"우리를 미워하지 말아요. 마음이 너그러운 사람들이 있으면 그렇지 않은 사람들도 있는 법이죠."

우리를 미워하지 말라니! 자신도 인색한 그 집 사람들과 한식구라고 생각했는지, 이해할 수 없는 충성심이었다. 걸음도 느리고 나이도 많은 하인은 그 충성심 덕분에 집안에서 중요하고 필요한 존재로 지내는 모양이었다. 그 집에서 멀어지자 마음이 홀가분해졌다. 가족에게는 돈이 간절히 필요했고, 루이자가 필요한 돈을 벌게 된 것이다. 루이자는 차가운 바람이 세게 부는 길 위에 잠시 멈춰 서서 돈이 든 지갑을 열어보았다. 지갑 안에는 4달러가 들어 있었다. 괴롭고 우울하던 지난 시간에 대한 보상이 고작 4달러라니! 루이자는 쉽게 억울함을 느끼는 성격이 아니었지만 그 순간에는 몹시 화가 났다. 돈을 많이 벌려고 열심히 일했지만 그들이 루이자에게 노동의 대가로 지급한 보상은 지갑 안의 돈이 전부였다. 그 순간 루이자는 단순히 돈 때문에 분노한 게 아니었다. 세상을 향한 믿음에 배신당한 괴로움으로 분노했다. 누구든 남의 희망과 성실한 태도를 이용하고 보잘것없는 보상을 할 수 있다는 사실에 화가 났다.

루이자는 성급한 판단에서 비롯된 일들을 떠올리며 웃곤 했는데, 루이자와 자매들이 이 슬픈 기억도 재미나 장난거리로 삼았는지는 모르겠다. 집에 도착한 루이자가 가족들에게 자신이 받은 급여를 보여주었더니, 아바와 브런슨은 그 돈을 다시 돌려주라고 했다. 브런슨은 잘못된 정보로 착한 딸을 속인 남자를 때려주고 싶을 정도로 단단히 화가 났다. 가족들도 같이 분노했지만 브런슨을 진정시키고, 그만 잊기로 했다. 루이자는 그때의 경험을 다시 언급하지 않았다. 인간의 선함을 믿어온 루이자가 그 일로 인해 큰 충격을 받은 것만은 분명했다. 루이자에게 의미 있는 경험이자, 가슴 아픈 기억으로 남았다.

경제적으로 힘든 상황은 나아지지 않았지만, 올컷 가족은 행복했다. 그들이 소박한 생활을 통해 얻을 수 있는 진정한 삶의 가치를 깨닫지 못했다면 어땠을까? 루이자의 마음 한편에는 언제나 한 가지 계획이 있었다. 루이자의 아름다운 머리카락은 검고 길었는데, '사람들이 좋아하는' 색은 아니지만 풍성하고 우아했다. 당시에는 풍성한 머리가 인기를 끌었고, 뒤로 말아 올리거나 폭포수처럼 길게 늘어뜨린 곱슬머리가 유행이었다. 루이자의 머리카락은 풀면 바닥에 닿을 정도로 길어서 친구들의 부러움을 사곤 했다. 머리카락은 루이자가 마음속으로 생각해둔 생계를 위한 수단이었다. 가족이 처한 상황이 절망적으로 흘러가던 어느 날, 루이자는 미용실에 가서 머리카락을 자르면 대가로 얼마나 줄 수 있는지 물었다.

루이자는 미용사가 말한 가격이 꽤 높다고 생각했지만 머리카락을 팔겠다고 단번에 결정할 수 없었다. 가족이 처한 상황이 일주일 안에 좋아지지 않는다면 미련 없이 머리카락을 팔겠다고 결심했다. 당시 짧게 자른 머리는 사람들에게 잘 보이도록 일부러 목을 드러낸다고 여겨져서 좋은 인상을 주지 않았다. 루이자는 키가 크니 짧은 머리가 더 이상해 보일 터였다. 그렇게 일주일이 흘렀다. 다행히 프로비던스에서 자비로운 누군가가 나타나 가족을 도와주었고, 덕분에 루이자는 머리카락을 지킬 수 있었다. 갑자기 불쑥 찾아온, 어딘가 익숙한 도움은 에머슨의 선행인 듯했다.

그해 여름에 온 가족이 가난한 이주자들에게서 옮은 천연두를 앓았다. 아바가 집으로 찾아와 구걸하는 이주자들을 정원으로 데려가서 음식을 나눠준 것이다. 아바와 브런슨의 병세는 심각했지만, 네 자매는 가볍게 병을 앓다가 나았다. 가족을 찾아오는 이웃이나 의사는 없었다. 애나와 루이자는 다른 사람의 도움 없이 부모 곁에서 병이 다 나을 때까지 간호했다. 올컷 가족은 좌절하거나 억울해하지 않고 시련을 극복했다.

도시는 한창 성장하는 네 자매에게 어울리지 않는 곳이었다. 특히 그들이 따라야만 하는 제약이나 지나치게 일에만 매달리는 생활이 맞지 않았다. 천연두에서 회복한 올컷 가족은 친척이 마련해준 거처를 떠나서 하이 거리로 이사했다. 메이는 학교에 다니고, 아바는 매일 일을 하러 나갔으며, 브런슨은 강의를 하러 다녔다. 애나와 루이자는 아이들을 가르쳤고 열일곱 살 엘리자베스는 집안일을 했는데, 루이자는 엘리자베스를 "우리 지하 부엌의 천사"라고 불렀다. 마침내 올컷 가족은 핀크니 거리에 정착했다. 아바는 집에 하숙생을 받기 시작했고, 아이들과 집에서 함께 있을 수 있었다. 브런슨은 강의를 하러 서쪽 지방으로 떠났다. 하숙생들은 아주 적은 하숙비를 내고 주인의 착한 마음을 이용하는 경우가 많았기에, 올컷 가족의 수입은 여전히 적어서 브런슨이 벌어올 강의료에 큰 기대를 걸었다. 추운 2월의 어느 밤, 긴 여정으로 지친 브런슨이 늦게 집에 도착했을 때 일어난 일은 유명한 일화다. 가족 모두가 달려 나와서 브런슨을 껴안고 격려해주었으며, 집으로 돌아왔다는 사실에 무척 기뻐했다. 정신 없는 환영 인사가 끝나고, 갑작스레 정적이 찾아왔다. 브런슨을 제외한 가족들은 무언가를 기다리고 궁금해하는 눈치였다. 메이가 정적을 깨고 브런슨에게 물었다.

"그래서, 강의료는 받으셨나요?"

브런슨은 느릿느릿 지갑을 꺼내서 안에 든 돈을 보여주었다. 버지니아로 떠났다가 집으로 돌아오는 긴 여정 동안, 브런슨은 몰랐던 세상의 다양한 모습을 알게 되었고, 가는 장소마다 떠오르는 생각들을 그냥 흘려보내지 않았다. 행운은 다양한 모습으로 찾아왔다. 남부에서 많은 돈을 벌던 때도 있었고, 돈이 전혀 없을 때도 있었는데, 브런슨에게는 중요한 문제가 아니었다. 모든 여정을 끝낸 브런슨이 지갑에서 꺼낸 돈은 1달러였다.

"내년에는 더 열심히 할게요." 브런슨이 웃으며 말했다.

숨이 막힐 듯한 정적이 흐르고 아바는 브런슨의 목을 감싸 안으며 말했다.

"아주 많이 잘해보겠다는 말로 들리네요."

등불 아래에서 그 모습을 지켜보던 루이자는 진정한 사랑의 힘을 느꼈다. 힘든 상황 속에서도 희망을 잃지 않은 어머니의 모습을 온전히 이해할 수 있었다. 루이자는 존중과 애정이라는 단어에 깃든 용기의 힘을 깨달았다.

어느 날 브런슨은 루이자가 엘런을 위해 쓴 꽃에 관한 짧은 우화를 보았다. 그 글을 출판사에서 일하는 친구에게 보여줬는데, 친구가 그 글을 좋아하여 출판이 결정되었다. 출판사에서 판권을 사고 마침내 출간까지 이어졌다! 문학계에 파장을 일으킬 정도로 대단한 사건은 아니었지만 루이자는 속으로 무척 흥분했다. 그러나 겉으로는 그저 작은 사건일 뿐이라고 스스로 안정시키며 자기의 '말도 안 되는 이야기'가 출간된다며 웃어넘겼다. 야생을 탐험하는 이야기가 루이자의 취향에 훨씬 가까웠다. 다양한 일을 하면서도 틈만 나면 그런 이야기를 쓰곤 했다. 바느질하거나 아이들을 가르치고 돌볼 때도 머릿속에는 항상 재미있는 이야기와 소재들이 가득했다. 하지만 루이자의 내면에서 벌어지는 이야기를 아는 사람은 거의 없었다.

짧은 우화는 인기를 얻었고, 엘런을 위해 쓴 다른 이야기들도 『꽃의 우화Flower Fables』(1855)라는 작은 책으로 출간되었다. 루이자는 스스로 작가가 될 자격이 없다고 생각했지만, 실제로는 작가로 인정받았다.

곧 여름이 시작되었고, 루이자는 뉴햄프셔주 월폴 마을에 사는 친절한 사촌 리지의 집에 초대받았다. 루이자는 그곳 녹색 언덕에서 오랫동안 산책하거나 불어오는 신선한 바람을 즐기고 싶었다. 꽃에 관한 이야기를 쓰다가 자신이 쓴 글로 할 수 있는 일을 고민하며 가족을 도울 방법을 진지하게 생각했다. 아바는 도시의 삶이 아이들에게 도움이 되지 않는다고 확신했다. 온 가족이 긍정적으로 노력하고 끝까지 희망을 포기하지 않았지만, 생계를 유지하기조차 힘들었다. 그래서 올컷 가족은 월폴로 거처를 옮기고, 겨울을 보낼 준비를 했다. 그러는 동안 루이자는 엄청난 결심을 했다.

그전까지 루이자는 가족과 멀리 떨어져서 지낸 적이 없었고, 가족의 지지 없이 중요한 일을 결정해본 적도 없었다. 하지만 월폴에서는 돈을 벌지 못하니 고민이었다. 일주일 정도 지나자, 글을 쓰기도 힘들 정도로 마음이 불안해져서 혼자 집을 떠나기로 했다. 힘든 상황이 와도 어떻게든 자기 삶을 이어갈 것이고, 가족에게서 독립하리라 생각했다. 수줍음 많고 경험이 적은 루이자에게는 힘든 결정이었다. 게다가 그 시절에는 '숙녀'라고 할 만한 젊은 여성들이 일을 구하기가 힘들었다.

쌀쌀한 날씨에 비가 내리던 11월의 어느 날, 루이자는 세상으로 나갈 준비를 마쳤다. 얼마 안 되는 돈과 작은 가방, 원고 꾸러미, 그리고 강한 의지와 희망만이 함께했다. 뉴햄프셔의 작은 집을 떠나자, 루이자 앞에 거친 세상이 펼쳐졌다. 회색 돌담과 헝클어지고 얼어붙은 블랙베리 덤불, 나뭇잎이 다 떨어진 단풍나무들이 옆으로 늘어선 길에 이르자, 루이자는 긴장했다. 나무 다리 위를 지나는 마차의 바퀴가 덜커덕거리는 소리가 들리자 당황스럽고 무서웠지만, 용기와 결심만큼은 흔들리지 않았다. 루이자는 꿈을 향해 홀로 나아갔다.

내 뒤에 남겨진 소녀

홀로서기를 시작한 첫해에는 무척 힘들었다. 모든 사람이 생계를 위해 치열하게 노력하고 쉽게 마음을 내어주지 않는 세상을 살아가기에 수줍음은 좋은 무기가 아니었다. 루이자는 창의적인 사람들이 그렇듯이 매우 예민하기까지 했다. 그러한 단점을 뛰어넘으려면, 힘들고 좌절에 빠질 만한 상황에서도 웃으면서 기운을 내고 안 좋은 결과를 얻더라도 다시 시도하는 용기가 필요했다.

루이자의 사촌 슈얼즈가 겨울 동안 머물 숙소를 마련해 주었다. 그곳에서 지내며 아이들을 가르치거나 재봉처럼 손으로 부지런히 할 수 있는 일이라면 가리지 않고 했다. 그러면서 끊임없이 글을 썼다. 루이자가 쓴 이야기는 독특하고 비현실적이었으며, 스스로도 확실하게 설명하기 어려운 주제를 담고 있었다. 그래도 부지런히 글을 썼고 이야기들은 여기저기서 조금씩 팔리기 시작했다. 브런슨이 한 작품을 골라서 유명한 잡지사 편집장인 친구에게 보내기도 했다.

"루이자에게 가르치는 일을 계속하라고 전하게. 그 아이가 작가가 될 일은 없을 거야." 작품을 본 편집장은 친절한 말투로 답했다.

이 말을 들은 루이자는 좌절하기보다 의지를 다졌다. "난 교사 일을 그만두고 작가가 될 거야. 아버지 친구가 운영하는 잡지에 글을 쓰겠어."

루이자는 결국 그 잡지에 글을 실었지만, 상황이 힘들던 당시가 아니라 시간이 지난 후였다.

아바의 친구에게 어린 딸이 셋 있었는데, 루이자는 보스턴에서 그중 둘을 가르쳤다. 몸이 약해서 학교에 다닐 수 없는 막내를 매일 일정 시간 가르치고, 나머지 시간에는 바느질을 하거나 글을 썼다. 루이자와 비슷한 상황에서 열심히 일하는 사람들은 좋은 대우를 받지 못했다. 교사는 교양 있는 숙녀들이 존중받을 수 있는 유일한 직업이었고, 심지어 일을 하는 것보다 여가 생활을 즐기는 것이 더 가치 있다고 주장하는 사람들에게는 그런 존중조차 받지 못했다. 루이자는 불합리한 의견에 동의하지 않았고, 오히려 가족을 모두 부양하겠다는 굳건한 목표를 위해 힘을 냈다. 혼자 힘으로 살아가려는 루이자가 할 수 있는 최선이었다.

힘든 상황 속에서 지쳐가던 루이자는 뉴햄프셔의 작은 집에서 들려온 소식에 더욱 낙담했다. 힘든 일을 겪는 이웃을 가엾게 여기고 도와주던 아바는 아이들이 병에 걸릴 때까지 집을 지저분하게 방치한 교회 집사인 한 아버지를 신고하려고 했다. 그 아버지는 결국 아바의 말을 따라 집을 정비하고 아이들을 돌보았지만, 이미 때늦은 조치였다. 아이들은 성홍열에 시달렸고, 올컷 가족에게까지 병이 옮아 메이와 엘리자베스도 성홍열에 걸렸다. 엘리자베스의 건강이 위태롭다는 소식에 보스턴에 있던 루이자는 급히 집으로 돌아왔다. 엘리자베스는 조용하고 여려서 가벼운 연애조차 맘대로 하지 못하고 괴로워했는데, 건강마저 좋지 못했다. 죽음의 문턱까지 갔던 엘리자베스는 다행히 고비를 넘겼고, 가을이 되어서야 루이자는 무거운 마음으로 다시 집을 떠났다. 그때까지도 엘리자베스의 몸은 완벽히 회복되지 않았다. 가족은 걱정스러워하며 월폴에서 콩코드로 이사하는 게 어떨까 논의를 했다. 엘리자베스가 치료를 받기에는 콩코드가 더 나았고, 브런슨도 에머슨 곁에서 더 마음 편히 지낼 수 있을 터였다.

루이자는 '동생의 아픔에 더 지혜롭게 대처'하기 위해 보스턴으로 돌아갔다. 루이자는 일기에 이렇게 적었다.

나는 속으로 기도하는 게 좋다. 하지만 보스턴으로 다시 떠나는 그날은 달랐다. 작고 낡은 가방에는 물건이 가득했고, 주머니 속에는 내가 번 (아주 적은) 돈이 들어 있었다. 내 마음은 큰 희망과 결심으로 가득 채웠다. 나는 하느님께 우리 가족 모두를 돕고 지켜달라고 소리 내어 기도했다. 가족들은 사랑과 희망, 그리고 믿음이 가득한 눈빛으로 나를 바라보았다.

고생하는 가여운 루이자와 그 모습을 바라보는 가족의 마음을 헤아려본다면 안쓰러울 따름이다. 어려운 상황에 처한 가족의 곁을 떠나기란 무척 힘들었을 것이다.

보스턴으로 돌아온 루이자는 이전에 가르치던 작고 연약한 앨리스를 다시 만날 기대에 부풀었지만 앨리스에게 더는 가정 교사의 도움이 필요치 않다는 이야기를 들었다. 좋지 않은 소식에도 루이자는 실망하지 않았다. 리드 부인의 하숙집에서 매일 일정 시간 바느질을 하는 대가로 작은 다락방에서 지내게 된 루이자는 다락방에서 벗어나려고 일을 더 찾아다녔다. 하지만 마땅한 일자리를 찾기는 힘들었고, 루이자는 점점 용기를 잃었다. 그러다가 좋은 일이 생겼다. 리지가 수업을 받기 힘든 루이자에게 분명 의미 있는 시간이 되리라 생각하고 강연을 들을 수 있도록 준비해준 것이다. 경험 많은 리지는 섬세한 마음씨로 루이자가 입고 갈 코트까지 선물로 주었다. 다른 사촌은 루이자에게 극장 입장권을 구해주어 루이자는 연극을 즐겁게 관람하기도 했다. 그러다가 마침내 다시 앨리스를 가르칠 수 있게 되었다. 바느질을 하고 글을 써서 번 돈으로 생활은 안정을 되찾았다. 일이 바쁠 때도 주일학교에서 아이들을 가르쳤는데, 부유하든 아니든, 모든 사람은 자신만의 잠재력을 가지고 있다고 믿는 올컷 가족의 신념에서 비롯된 행동이었다.

루이자는 집이 그리웠다. 글을 쓰기 시작하면서부터 일기를 써온 루이자가 어릴 적 크고 투박한 손으로 짤막하게 쓴 일기에는 어머니의 짧은 편지가 함께 들어 있었다. 아바는 언제든지 아이들의 일기를 볼 수 있었고, 일기장 빈 공간에 편지를 적어주곤 했다.

오늘 하루 네가 인내심을 가지고 아기를 돌보는 모습과 나에게 예의 바르게 행동하던 모습, 그리고 모두에게 친절하던 너의 태도를 지켜봤어.

가끔 불같이 화를 내곤 했던 루이자에게 아바는 이런 편지를 남기기도 했다.

오늘 아침에는 네 이기적인 행동 때문에 슬펐단다. 하지만 아버지의 꾸지람을 묵묵히 듣는 모습을 보고는 정말 기뻤어. 견디기 힘든 순간이 지나면 좋은 날이 올 거야. 차분함을 잃지 말고, 독서와 산책을 하렴. 완전히 진정될 때까지는 잠시 말을 하지 않는 게 좋아.

루이자는 어릴 때보다는 감정 조절을 잘하게 되었지만, 주변 사람들에게는 순탄하게 흘러가기만 하는 삶이 자기 가족에게는 호락호락하지 않아 점점 지쳐가는 어머니의 모습을 떠올릴 때마다 분노를 느꼈다. 하지만 그렇게 깊은 분노를 느끼고 나면, 항상 결심이 섰다. 상황은 더 나아질 테고, 자신이 반드시 그렇게 만들리라는 다짐이었다. 루이자는 지혜로운 어머니의 모습과 기운을 북돋아주는 편지가 그리웠다. 더 나은 삶을 위해 노력해야만 했다.

주변 사람들에게 늘 친절한 리지는 루이자에게 드레스 한 벌을 사주었다. 루이자는 일기에 "처음으로 생긴 실크 드레스"라며, "한 해 마지막 날 파티에 퀸시 집안과 핸콕 집안 사람들이 모였는데, 모든 가족이 나를 지켜보는 듯한 느낌이 들었다"고 썼다. 핸콕과 퀸시 가족들이 올컷 가족의 일상적인 행동과 편한 복장을 받아들이지 않으리라는 것을 루이자는 잘 알았다.

힘든 삶 속에서도 예기치 못한 행복은 찾아오기 마련이

다. 어느 날 밤, 루이자는 아버지의 친한 친구인 시어도어 파커(1810~1860, 미국의 초월주의자이자 유니테리언파의 목사-옮긴이)의 집에 찾아갔다. 파커와 그의 아내는 에머슨 가족만큼이나 루이자의 삶에 많은 영향을 끼쳤다. 파커는 콩코드와 가까운 렉싱턴 외곽의 농장에서 자랐고, 루이자처럼 바위투성이에 소나무로 둘러싸인 농촌 마을을 사랑했다. 그는 사람들로 붐비는 보스턴의 비좁은 골목에서 농촌의 삶을 꿈꿨고, 루이자도 그 마음을 알고 있었다. 하버드 대학교에서 학업을 마친 파커는 브런슨과 마찬가지로 교육을 향한 열정이 넘쳤지만 결국엔 목사가 되었는데, 보스턴에서 목사는 종교적으로나 정치적으로 권위 있는 인물이었다. 모두에게 중요한 보스턴 차 사건(1773년 영국의 식민지 무역 규제법에 반대하여 보스턴의 급진파가 보스턴 항구에 정박 중이던 동인도 회사 기선 두 척을 습격하고, 차 상자를 바닷속에 던진 사건. 미국 독립혁명의 직접적인 원인이 되었다-옮긴이) 이후로 혁명의 열기가 사라진 듯 조용하던 보스턴에서 또다시 활발한 움직임이 느껴지기 시작한 시기였다.

오랫동안 억눌린 노예제를 향한 반감은 모든 것을 파괴하는 재앙과도 같은 전쟁을 향해 치달았다. 루이자는 아버지의 친구 윌리엄 개리슨이 '돈 많은 신사들' 무리에 의해 길거리로 끌려가던 모습을 기억했다. 그들은 노예제 폐지론자를 모두 잡아 목을 매달겠다며 개리슨을 위협했다. 이제 군중은 그때와 다른 목소리를 냈고, 도망 노예 사드릭을 구출하고 자유롭게 해주었다. 또 다른 도망 노예 앤서니 번스(1834~1862, 당시 자유주(州)인 보스턴으로 도망갔지만 체포되었다-옮긴이)가 시 교도소에 다시 수감되고 엄격한 법에 따라 그를 주인에게 보내려는 준비가 시작되자 군중은 교도소에 급습했다. 하지만 경계는 심했고 목적을 달성할 수 있는 뚜렷한 계획도 없었다. 연방 보완관보가 숨지자 경찰은 권총을 들고 사람들을 몰아냈다. 가장 마지막에 물러난 사람은 다름 아닌 브런슨이었다. 파커는 로웰(보스턴 북서쪽의 공업 도시-옮긴이)에서 전해지는 말처럼 '보스턴에서 가장 많은 사람이 따르는 성직자'였다. 그는 도망 중이던 여자 노예를 자기 집에 숨겨주고 다음 주 일요일 예배를 위한 설교문을 쓰면서 테이블 위에 권총을 꺼내두었다. 경관이 들이닥치면 불쌍한 노예를 보호하려는 생각이었다.

파커는 엘런 크래프트(1826~1891, 남편과 함께 노예 신분이었지만 북부로 탈출했고, 후에 도망자 신분 노예 중 가장 유명해졌다-옮긴이), 남편 윌리엄(1824~1900)과 함께 아름다운 모험을 하기도 했다. 두 사람은 남부에서 도망쳐왔고, 보스턴과 그 부근에서 여러 달 동안 숨어 지냈다. 하지만 그들의 행방이 정부에 알려지면서 결국 붙잡힐 위기에 처하고 말았다.

그러자 노예제를 반대하는 사람들이 나서서 두 사람을 영국으로 밀항시킬 계획을 세웠다. 부부였지만 정식으로 결혼한 상태가 아니었기에 두 사람은 배가 떠나기 전날 밤, 파커를 찾아와 중요한 의식을 부탁했다. 노예 제도 안에서는 결혼을 하더라도 달라지는 게 없었다. 남편이 다른 곳으로 팔려서 부인과 떨어진다면, 새로운 주인 밑에서 각자 다른 배우자를 만나게 될 터였다. 하지만 헤어질 생각이 없는 두 사람은 평범한 사람들처럼 제대로 된 결혼식을 하고 싶었고, 그들이 미국을 떠나기 전 마지막 피난처인 어둡고 초라한 하숙집에서 파커는 결혼식을 거행했다. 기도와 서약이 이루어졌고, 파커는 윌리엄에게 "어떤 시련이 있더라도 반드시 부인의 자유를 지켜달라"고 당부했다. 결혼식이 끝나고, 파커는 윌리엄에게 '영혼을 지키기 위한' 성경책과 '몸을 지키기 위한' 사냥용 칼을 주었다.

루이자는 파커를 좋아하고 존경할 수밖에 없었다. 상냥하고 정 많은 파커 부인은 친구가 많았고, 루이자에게도 관심이 많았다. 루이자를 만나러 작은 다락방으로 찾아오기도 하고, 루이자가 집으로 찾아가면 언제나 기쁜 마음으로 반겼다. 키가 크지는 않지만 체격이 건장한 시어도어 파커는 푸른빛이 감도는 또렷한 회색 눈을 지니고 있었으며, 집에 손님이 있을 때면 손님들 사이를 이리저리 다니며 솔직하고 단호한

생각을 전했다. 구석에 앉아 있는 키 크고 수줍은 루이자에게
까지 신경 쓸 겨를은 없었지만 항상 적당한 말로 안부를 물
었다.

"얘야, 잘 지내고 있니? 별일은 없고? 넌 정말 용감한 아
이야."

파커는 루이자와 몇 마디 나누고는 다른 사람과 이야기
를 하러 자리를 떠났다. 그러다가 밤이 되면, 루이자에게 작
별 인사를 했다.

"하느님이 축복하시길, 루이자. 또 오렴."

파커와 인사를 나누고 나면, 루이자는 파커의 의연함에
고취되어 용감하게 집으로 돌아갔다. 루이자는 일기장에 파
커를 "커다란 불과 같아서 그를 찾아가면 마음이 따뜻해지고
아늑해진다"고 묘사했다.

6월이 되어 루이자는 엘리자베스가 위독하다는 소식을
듣고 가족이 있는 월폴로 돌아갔다. 꽤 오랜만의 재회였는
데, 루이자는 곧 절망적인 순간을 맞이하게 될 것을 깨달았
다. 가족들은 오랜 고민 끝에 콩코드로 돌아가기로 했다. 길
고 험난한 여정이 예상되었지만, 콩코드에서 집을 구하고 엘
리자베스의 회복을 도울 생각이었다. 힐사이드에서 지낼 때
의 행복을 다시 느낄 수 있다면 모든 게 나아질 듯했다. 하지
만 그들이 살던 집에는 이미 그들의 친구가 살고 있었다. 바

로 수줍음이 많아 유명세에도 불구하고 이름이 알려지는 것을 원치 않는 너새니얼 호손(1804~1864, 청교도 사상과 생활 태도에 깊은 관심을 가진 미국의 소설가-옮긴이)이었다. 다행히 올컷 가족은 마을과 가까운 곳에 집을 구했다. 소나무와 자작나무가 높이 솟은 언덕 아래 작은 땅을 얻었는데, 집 앞으로는 렉싱턴 도로가 펼쳐졌다. 너무 오래된 데다가 심하게 낡아서 전주인이 철거하려던 참이라 올컷 가족에게 헐값에 팔았다. 그는 위기 속에서 빛나는 올컷 가족의 지혜를 미처 알지 못했다.

애나와 루이자가 짐을 싸며 이사를 돕는 동안, 아바는 엘리자베스를 보스턴으로 보내어 머물게 했다. 몇 번째 이사였을까? 과거의 이사를 떠올릴 겨를이 없었다. 콩코드 시청 근처의 다세대 주택에 임시로 머물면서 앞으로 살게 될 오래된 집을 정리하고 고쳤다. 사촌 리지를 위한 아늑한 방도 만들었다. 예전에 알고 지내던 이웃들이 콩코드로 돌아온 올컷 가족의 집으로 찾아와 환영해주었다. 브런슨, 루이자, 애나와 메이는 새로운 집에서 무슨 일을 할 수 있을까 생각해보았다. 주변에 과일나무들이 많아서 '오처드 하우스Orchard House'라 불리는 곳이었지만, 루이자는 다른 이름을 생각했다. 올컷 가족은 뉴잉글랜드에서 사과로 만든 디저트를 자주 먹었는데, 아주 고급스럽지는 않지만 사과 디저트는 인기가 많았다. 루이자는 이 디저트를 생각하며 '애플 슬럼프Apple Slump'라고 이름을 붙였다.

새로운 이름은 올컷 가족이 살아갈 새로운 집에 잘 어울렸다. 불쑥 나타난 가족의 손길로 집에 생기가 돌기 시작했다. 브런슨은 정원을 가꾸는 데 재능이 있었고, 덕분에 뜰이 그럴듯해졌다. 아무도 거들떠보지 않던 과일나무도 관리했다. 백 년 넘게 자리를 지키며 독립혁명 당시 민병대가 지나가는 모습을 보았을 느릅나무는 가지들을 잘라 정리했다. 애나와 루이자는 지저분한 옷장과 벽장을 윤이 나도록 닦고, 오래된 기둥과 서까래, 먼지투성이 모퉁이를 활용해 책을 위한 공간을 만들었다. 세 자매는 가구를 페인트칠하고, 벽을 도배했다. 메이는 벽 장식을 만들어 붙이기도 했다. 친구 윌리엄 채닝(1780~1842, 19세기 초반 미국의 유니테리언파 목사-옮긴이)은 브런슨의 서재 입구 왼쪽, 천장이 낮은 방에 어울리는 좌우명을 써주었고, 메이가 벽난로 선반 위에 잘 보이도록 페인트로 적었다.

배움의 제단이 들판에서 사라진다면,
헛되이 언덕을 세우고 골짜기를 파헤치리.

하루빨리 더 나은 삶을 살기 위해 올컷 가족은 겨우내

일해야 했다.

특히나 엘리자베스를 위해 힘을 냈고, 노력의 결과는 눈앞에 나타났다. 올컷 가족에게 소중한 친구이자 유명 인사인 프랭클린 벤저민 샌본(1831~1917, 미국의 언론인이자 작가, 개혁가-옮긴이)이 근처에서 남자아이들을 위한 학교를 운영하고 있었다. 자매들은 학교를 방문해 연극을 기획하거나 지도하고, 공포나 희극 장르의 연극을 무대에 올리기도 했다. 엘리자베스는 극이 완성되고 의상이 만들어지는 과정을 지켜보며 즐거워했고, 그들의 노력이 일군 훌륭한 결과를 전해 들으며 기뻐했다. 로드리고의 부츠가 등장하는 연극을 하던 시절로 돌아간 듯한 기분이었다.

브런슨이 학교를 운영하던 시절 조수로 일하던 엘리자베스 피보디는 올컷 가족 모두에게 소중한 친구였다. 너새니얼 호손과 결혼하여 가정을 꾸린 피보디의 동생도 올컷 가족에게 큰 힘이 되었다. 그 부부의 아이들은 올컷 자매들보다 어렸는데, 집이 가까워서 오랫동안 친하게 지냈다. 샌본이 설립한 학교에 다니던 줄리언 호손은 매일 루이자의 집에 들러서 실컷 웃고 떠들다가 갔다. 올컷 가족은 줄리언이 자기보다 나이가 많은 메이를 좋아하는 마음을 키우고 있다는 농담을 하기도 했다. 루이자는 상상 속에 존재하는, 영국에 사는 재산이 많은 상류층 친척이 나타나서 메이를 데려가 모두가 부러워하는 삶을 살게 될 거라고, 그래서 줄리언의 마음은 메이에게 전해지지 않을 거라고 말하곤 했다.

어느 날 해 질 무렵, 길을 따라 루이자의 집으로 가는 줄리언의 눈앞에 예상치 못한 광경이 펼쳐졌다. 메이가 키 큰 낯선 남자와 대문 앞에 함께 서 있었다. 멋진 지팡이에 특이한 옷을 입은 모습이 틀림없는 외국인이었다. 대담해 보이는 짙은 눈에 작은 콧수염은 검었다. 믿기 힘들었지만, 그가 팔로 허리를 감싸는데도 메이는 저항하지 않았다.

그 모습을 노려보며 다가온 줄리언에게 메이는 '사촌'을 소개했다. 메이의 사촌은 앞으로 나서서 허리를 굽혀 인사를 하더니 거만한 태도로 말을 건넸는데, 줄리언은 납득하기 힘든 태도였다.

"그래, 이 어린 친구가 줄리언이군. 정말 잘 자랐어!"

메이를 좋아하는 줄리언은 그 말을 듣고 가만히 있을 수가 없었다! 줄리안이 다가가자, 메이의 사촌은 줄리언의 얼굴 가까이에 지팡이를 대고 흔들었다. 영국 아이 같은 철없는 행동이었다. 줄리언은 주먹을 움켜쥐었다. 메이가 갑자기 뒤돌아서 빠르게 걸음을 옮기자, 메이의 사촌은 약을 올리듯이 한 걸음 더 앞으로 다가와서는 자신의 콧수염을 떼어서 줄리언의 머리 위로 던졌다. 곧이어 쓰고 있던 검정색 펠트 모자도 던져버리자 풍성한 검은 머리카락이 길게 흘러내려

화려하고 이국적인 인상을 풍겼다. 줄리언은 시간이 한참 지나고 나서 그 당시를 이렇게 회상했다.

"그때 루이자가 메이를 쫓아가며 코만치 원주민처럼 소리를 질렀다. 여자지만 바지를 입은 루이자는 참 멋있었다."

그후로 한동안 루이자 가정에는 즐거운 순간이 찾아오지 않았다. 가을이 지나고 겨울이 되었지만, 엘리자베스의 건강은 계속해서 나빠졌고, 1월이 되자 엘리자베스에게 해줄 수 있는 조치가 더는 없었다. 그 사실을 안 엘리자베스는 단호하고 씩씩하게 죽음을 맞이하려 했다. 차분한 사람에게 종종 나타나는 용감한 모습이었다.

"언니가 곁에 있으면 힘이 나." 엘리자베스는 루이자가 옆에 있으면 좋아했다.

애나가 집안일을 하는 동안, 루이자와 아바는 엘리자베스를 보살폈다.

엘리자베스는 3월에 세상을 떠났다. 이상하리만큼 미동도 없이 조용해지더니 숨을 거두었다. 그 모습을 지켜본 루이자는 주체할 수 없는 슬픔을 느꼈다. "태어나 첫 숨을 토해냈던 어머니의 품에 안겨 조용히 마지막 숨을 내쉬던" 순간, 엘리자베스는 마침내 고통에서 해방되었다. 조용하고 아름다우면서 자비로웠던 엘리자베스는 마지막 순간까지 소리 없이 떠났다. 그다음 해에는 시어도어 파커가 숨을 거두었고, 루이자는 음악 홀에서 장대하게 열린 추모식에 참석했다. 햇빛이 비치고, 꽃이 수북하게 쌓인 추모식장에서 유명 인사들은 감동적인 이야기로 파커의 훌륭한 성품을 기렸다. 하지만 루이자는 파커의 죽음보다 겸손하고 의지가 강했던 엘리자베스의 죽음이 훨씬 더 슬프고 가슴 아팠다. 엘리자베스의 죽음으로 오래도록 상상해온, 완벽할 만큼 아름다운 미래도 함께 잃었기 때문이다.

슬픔이 이어지더라도 고통에서 벗어나기 위해 삶은 계속되어야 한다. 루이자는 빚더미를 떠안았고, 답답한 상황이 반복되자 더 깊은 실의에 빠졌다. 아바는 아버지가 남겨준, 소중하게 보관해온 돈을 콩코드의 낡은 집을 사는 데 썼다. 올컷 가족은 엘리자베스가 회복하리라는 희망을 품고, 치료를 위해 돈을 쓰려 했다. 회복이 어렵다면, 엘리자베스가 얼마 남지 않은 삶을 행복하고 편안하게 보낼 수 있는 공간을 마련하는 데 쓸 계획이었다. 하지만 삶은 바라는 대로 이루어지지 않았다. 엘리자베스가 떠난 후 루이자는 오랫동안 낡은 집을 이유 없이 싫어했는데, 옳지 않다는 걸 알면서도 미워하는 감정을 떨칠 수 없었다. 하지만 루이자의 가족은 이제 그 집에서 살아가야만 했다.

힐사이드의 주인 호손은 집을 떠나면서, 오처드 하우스 수리가 모두 끝날 때까지 지내라며 올컷 가족에게 자기 집을 내주었다. 올컷 가족은 힐사이드로 잠시 거처를 옮겼고, 루이자는 그 집에서 몇 달 동안 머물렀다. 새로운 변화가 나타나기 전까지 힐사이드에서 지냈고, 루이자는 예상된 그 변화에 격렬히 반대했다.

삶에서 위대한 업적을 동료와 함께 일궈낸 사람들은 그 우정을 영원히 기억한다. 프루틀랜즈에서 브런슨이 동료들과 연구하던 시절에 다른 공동체 내에서도 다양한 시도가 이루어졌다. 올컷 부부가 알고 지내던 사람들 대다수는 브룩 농장(정식 명칭은 The Brook Farm Institute of Agriculture and Education. 1841년부터 1847년까지 활동한 미국 뉴잉글랜드 초월주의자들의 공산주의적 공동체−옮긴이)과 관련이 있었다. 브룩 농장에서는 재산을 공동으로 소유하는 사람들이 모여 살았는데, 프루틀랜즈의 공동체와 비슷한 모습이었다. 하지만 그곳에서 이루어진 연구는 프루틀랜즈에서 한 실험보다 더 거대했고, 더 오래 이어졌다. 다른 공동체들이 구성원들의 의견 불일치로 해산될 때도 브룩 농장은 남아 있었다. 에머슨은 프루틀랜즈와 브룩 농장 모두에 관심을 가졌다. 호손 가족과 호스머 가족은 브룩 농장의 일원이었고 프랫 가족 역시 그랬다. 호손과 에머슨은 언제나 올컷 부부의 소중한 친구였다. 가난한 올컷 가족이 스틸강에서 콩코드로 이사했을 때, 호스머 가족은 그들을 자기 집에서 머물게 했고, 자매는 존

호스머가 교사로 있는 학교에 입학했다. 호스머 가족이 아니었다면, 브런슨은 그 짧은 기간 동안 아이들을 학교에 보내지 않았을 것이다. 올컷 가족과 프랫 가족의 우정도 돈독했다. 브룩 농장 해체 이후 프랫 가족은 개인적으로 농장을 구해서 줄곧 그곳에서 살았다. 엘리자베스의 죽음으로 슬픔에 빠져 있던 시기에 애나는 시골에 사는 프랫 가족의 집을 찾았다. 다시 집에 돌아온 애나는 거실로 들어와서 프랫 부부의 아들 존 브리지 프랫과 약혼을 했다는 중대한 소식을 전했다.

올컷 가족이 힐사이드에서 살던 시절, 파티에서 한창 즐거운 시간을 보내던 한 소년이 애나에게 입을 맞추었다. 그 무례한 행동에 화가 치솟은 루이자는 그 뒤로도 오랫동안 불쾌한 소년에 대해 떠들고 다니며 소년을 미워했다. 타인과 입을 맞추는 행위는 루이자 가정에서는 있을 수 없는 일이었다. 애나가 새로운 소식을 전했을 때, 무례한 소년이 애나에게 입을 맞추었을 때와 마찬가지로 화가 났다. 애나가 행복하길 바라던 루이자는 존을 좋아했다. 하지만 도대체 왜 가족이 헤어져야만 하는 걸까? 애나는 몰랐지만, 루이자는 하루하루를 눈물로 보냈다.

리지는 심란한 루이자를 위로하려고 루이자를 보스턴으로 데려갔다. 짧은 체류 기간 동안 루이자는 오래도록 생각해온 계획을 실행하기로 결심하고, 무대에 설 확실한 방법을 찾으려고 노력했다. 바느질을 하고 글을 쓰는 것으로는 많은 돈을 벌 수도 없었고 지루하기 짝이 없는 일이었다. 새로운 모험과 열기, 사람들의 박수갈채가 있다면, 눈이 부실 만큼 많은 돈으로 보상받게 된다면, 가족을 위해 무엇이든 할 수 있었다! 브런슨의 친구 윈쉽 박사가 루이자에게 극단 경영자 배리를 소개해주었다.

루이자는 무대에 설 기회가 있을지 배리에게 물었고 자기 가능성을 보여줄 수 있는 코미디극에 출연하게 해달라고 부탁했다. 배리는 루이자를 유심히 살펴보았다. 루이자는 키가 컸고, 입이 크고 눈은 빛났으며, 밤나무색 머리칼은 구불거렸다. 외모가 아름답다고 할 수는 없었지만, 밝은 표정은 묘하면서도 사랑스러웠다. 루이자에게서 강한 개성을 보았고, 검은 눈동자에서 목표를 향한 진심을 보았다.

루이자 또래의 젊은이들이 무대에서 최선을 다하지 않는다고 생각하던 배리는 선택을 망설였다. 하지만 루이자의 열정을 느끼고는 부탁을 들어주기로 했다. 작은 역이지만 개성 있는 「자코바이트」의 포틀 과부 역할을 해낼 수 있을지 의문이었다. 루이자는 그 역할을 기꺼이 받아들였고, 두 사람은 가능성을 시험해볼 연극이 끝나기 전까지는 누구에게도 알리지 않기로 했다. 루이자는 벅차오르는 기쁨을 느끼면서 대화를 끝냈다. 배리는 루이자가 한 말을 혈기 왕성한 여자아이의 장난이나 농담으로 받아들였을지도 모른다. 하지만 이미 배우로서 살아갈 미래를 꿈꾸고 있는 루이자에게는 아주 중요한 일이었다. 어린 시절 낡은 헛간에서 로드리고의 부츠를 만들고, 연극을 하며 성공의 기쁨을 만끽하던 순간이 떠올랐다.

희망을 품고 사는 사람들은 한 번이 아니라 여러 번 실패하더라도 절망하지 않는다. 실패를 통해 깨달음을 얻었기에 루이자는 처음부터 실망스러운 상황을 그대로 받아들이지 않고 용감하게 대처하는 방식을 배웠다. 배리가 사고로 다치면서 루이자가 무대에 서기로 한 연극도 중단되었다. 불행의 신이 소중한 목표를 향해 나아가는 자신을 방해하는 듯했다. 하지만 고통의 시간이 지나고, 루이자는 용기를 내어 진실을 마주했다. 새롭고 신나는 경험을 꿈꿨지만 사명을 갖고 임하지 않았다는 사실을 인정했다. 마음을 가다듬고 콩코드에 있는 집으로 돌아와 가족들이 오처드 하우스에서 안정을 되찾도록 도왔다. 꽤 오래 머물 수 있을 듯한 집 안을 둘러보는 어머니의 얼굴에 평화가 깃들었다.

루이자는 여름 내내 바쁘게 글을 썼다. 머릿속에는 카펫이나 종이, 가족들이 입을 옷 등 갖고 싶은 특별한 물건들이 계속 떠올랐다. 이야기를 쓰다가 잠시 시간이 나면, 몇 년 전 리지가 선물한 '가장 예쁜 실크 드레스'를 꺼내 새롭게 수선

했다. 루이자는 엘리자베스가 떠나고 애나와도 이별해야 한다는 사실에 우울한 여름을 보냈다. 사랑하는 가족과 헤어지는 것은 언제나 힘들었다. 가을이 되자 루이자는 일자리를 찾아서 보스턴으로 다시 떠났다.

보스턴에서 생활하던 때는 루이자 인생에서 가장 힘든 시기였다. 힘들고 단조로운 일이 마음에 들지 않는 데다 외롭고 우울했으며, 믿기 힘들 정도로 무기력했다. 언제나 넘쳤던 활기는 한순간에 사라지고 진심으로 죽음을 바라기도 할 만큼 힘들었다. 아무리 애써도 일자리를 구할 수 없었다. 하지만 절망적인 상황에서도 루이자는 삶을 완전히 포기하지는 않았다.

"분명히 나를 위한 일이 있을 테고, 반드시 찾을 거야." 루이자는 진지하게 혼잣말을 했고 그 마음가짐 덕분에 절망에서 벗어날 수 있었다.

가장 의욕 없이 지쳐 있던 어느 일요일, '힘들게 일하는 여자아이들'에 관한 시어도어 파커의 예배가 루이자의 가슴 속 깊이 남았다. 파커는 여자아이들에게 앞으로 나아갈 길이 막막할 때 도움을 구할 수 있는 절대적인 믿음에 관해 들려주었다. 오래전 콩코드의 초원에 떠오르는 태양과 고요한 강을 바라보며 느낀 세상의 모든 아름다움과 하느님의 축복을 만끽하던 아침 같은 순간이었다. 다른 사람에게 아무런 의미가 없더라도 파커의 설교는 가치가 있었다. 루이자는 마음의 안정을 얻었고 예전의 기운을 되찾았다. 그리고 다시 앞으로 나아갔다.

어떤 일을 하든 가족의 생계에 보탬이 되고 싶던 루이자는 파커 부인을 찾아가 일손이 필요한 곳을 아는지 물었다. 당장은 일이 없었지만, 친절한 파커 부인은 일을 알아봐 주기로 했다. 루이자는 우연히 앨리스의 어머니에게 학교에 갈 정도로 건강해진 앨리스는 루이자의 지도가 필요 없지만 학교를 좋아하지는 않는다는 말을 들었다. 루이자가 앨리스를 다시 가르치게 될 듯했다. 하지만 기다리는 소식은 오지 않았다. 그러는 동안 파커 부인이 일자리를 제안했는데, 여자 아이들을 수용하는 랭커스터 감화원에서 하루에 열 시간씩 이불과 수건 바느질하는 일을 하지 않겠냐는 것이었다. 그런 일은 정말 하고 싶지 않았다. 감옥 안에서, 쉬지 않고 아침부터 저녁까지 바느질만 하는 생활이라니! 하지만 일자리가 간절한 루이자에게는 감화원만이 유일한 선택 사항이었다.

"앨리스 어머니가 연락하지 않으면 그 일을 하겠어요." 루이자는 마음을 정했다.

짐을 싸서 떠날 준비를 하는 루이자는 미래를 전혀 기대하지 않았다. 그런데 루이자가 막 떠나려는 밤, 누군가 문을 두드리더니 편지를 전해주었다. 루이자가 다시 앨리스를 가르치길 바란다는 앨리스 어머니의 편지였다. 급여는 루이자가 보스턴에서 지내기에 충분했고, 글을 쓸 작은 다락방도 구할 수 있을 정도였다. 루이자는 지낼 곳이 생겼다는 기쁜 마음에 안도하며 답장을 보냈다. 루이자 같은 성격을 지닌 사람은 감화원에서의 생활이 고통스러울 게 뻔했다. 그 일을 소개해준 파커 부인 역시 일이 없는 것보다는 낫다고 생각했지만, 마음이 무거운 것은 마찬가지였다. 시어도어 파커는 루이자가 마지막 순간에 어떻게 결정을 내렸는지 아내에게 전해 듣고는 루이자의 미래가 밝을 것이라고 예상했다. 하지만 몇 달 뒤, 파커는 루이자의 밝은 미래를 보지 못한 채 생을 마감하고 말았다. 그러나 루이자가 이룬 성공에 그가 크게 기여했음은 분명하다.

파커가 세상을 떠났다는 소식이 전해졌을 때, 루이자는 "좋은 사람과 함께 할 수 있어서 기뻤다"고 기록했다. 외로움에 사무쳐 집을 그리워하던 루이자를 환하게 맞아주고, 바쁜 와중에도 아낌없이 격려와 조언을 전해주었으며, 힘든 상황을 견디도록 도와준 파커에게 느끼는 감사한 마음을 이 짧은 문장 속에 영원히 남겨두었다.

봄이 되어 루이자는 애나의 결혼식에 참석하려고 집으로 향했다. 예식은 조촐했지만, 소중한 친구들과 함께하는 날, 모든 곳에 행복이 깃들어 있었다. 30년 전 같은 날, 아바와 브런슨의 결혼식 주례를 보았던 삼촌 새뮤얼이 주례를 했다. 오처드 하우스에서 열린 결혼식은 커다란 느릅나무 아래 펼쳐진 잔디밭에서 모두가 춤을 추며 끝났다. 루이자는 나이를 먹은 걸 실감했고, 슬프면서도 외로웠다. 하지만 낭만은 남아 있었다. 그날 밤, 루이자는 일기에 이렇게 적었다.

"에머슨은 언니에게 입을 맞추었다. 존경이 담긴 그 행위가 언니의 결혼 생활을 지탱하는 힘이 될 것이다."

하지만 얼마 후 애나의 신혼집에서 새로운 삶을 살아가는 언니를 보고는 결혼에 대해 품었던 낭만이 깨지지 않았을까 싶다.

"아주 사랑스럽고 예쁜 모습이었다. 하지만 나는 자유로운 독신으로 머물며 혼자 힘으로 살아가려 한다."

메이는 아이들을 가르치러 새뮤얼 삼촌이 사는 시러큐스로 갔다. 애나는 결혼과 함께 집을 떠났고, 홀로 남은 루이자는 집안일을 돕거나 돈을 벌기 위해 글을 썼다. 불안한 변화의 기운은 집안뿐 아니라 국가 전체에서 느껴졌고, 모두가 곧 전쟁이 다가오고 있음을 느꼈다. 루이자는 필사적인 목소리로 "나는 용감한 메이 가문 사람이다"라고 말하곤 했다.

1860년 여름은 폭풍 전야였다. 루이자는 연애 소설을 써서 얼마 안 되는 수입을 얻었고, 작가로서 일이 조금씩 풀리고 있었다. 이전에 가르치는 일을 계속하라고 한 아버지의 친구가 있는 잡지사에 글을 기고하고 있었지만, 그동안 최선을 다해 글을 쓰지 않았다는 사실도 알고 있었다. 그 사실을 직시하고 쓰기 시작한 소설에는 점점 몰입해 들어갔다. 밤낮으로 열정을 불태웠고, 떠오른 생각들이 글로 옮기기 전에 사라질까 걱정했다. 그렇게 첫 장편 소설 『우울Moods』(1864)이 탄생했다. 겨울이 되자 루이자는 '성공Success'이라는 제목의 새로운 소설을 쓰기 시작했다. 소설에는 시어도어 파커가 파워즈라는 이름으로 등장하는데, 루이자가 자기 소설에 특정 인물을 등장시킨 첫 사례다.

브런슨은 해마다 여름이면 '대화의 시간'이라고 부르는 강연을 하러 서부로 떠났다. 브런슨의 강연 실력도 나날이 좋아졌으며 그의 노력이 빛을 발하고 있었다. 곧, 올컷 가족에게 기쁜 소식이 들려왔다. 브런슨이 콩코드에 있는 학교의 교장이 된 것이다. 드디어 아이들이 올바른 교육을 받으며 성장해나가는 모습을 직접 볼 수 있게 되었다.

학교에서 봄 학기를 마무리하는 축제가 열렸다. 여자아이들은 하얀 드레스를, 남자아이들은 깔끔한 셔츠를 입고, 노래 부르며 행진했다. 학교에서 이런 축제는 처음이었다. 축제가 끝날 즈음, 키가 크고 잘생긴 소년이 "콩코드의 아이들이 드리는, 사랑과 존경을 담은 선물"이라고 적힌 상자를 가지고 나왔다. 브런슨이 상자를 열어보자 아름다운 표지의

『천로역정』이 보였다. 마침내 『천로역정』에 관한 쓰라린 기억들을 지워줄 보물 같은 선물이었다. 얼굴이 붉게 달아오른 브런슨은 말을 잇지 못했고, 아이들은 학교가 울릴 정도로 다시 환호성을 질렀다.

행복한 날들은 그렇게 지나갔고, 섬터 요새에서 총성이 들려왔다. 남북 전쟁을 알리는 소리였다. 소식을 들은 사람들은 대포가 내뿜는 소리를 직접 들은 듯 충격을 받았다. 전쟁이 당도했다는 사실을 믿기 어려웠지만 현실을 받아들일 수밖에 없었다.

전쟁이 일어난 첫해, 루이자는 다른 여성들과 마찬가지로 고통에 사무쳐 괴로워하다가 곧 일을 시작하고, 걱정하다가 크게 기뻐하고, 또다시 일을 했다. 전쟁 초반에는 남북 모두 잠시 치열한 전투을 벌이다가 곧 승패가 갈릴 거라 예상했지만, 몇 달이 지나도록 전쟁이 끝날 기미는 보이지 않았고, 모든 가정에 좌절과 이별, 혼란이 찾아왔다. 남부와 북부 모두 전쟁의 끔찍한 현실을 알게 되었다.

모두가 국가를 사랑하는 한마음으로 행동하는 모습을 바라보며 루이자는 큰 자극을 받았다. 오븐 속에서 두려움에 떨던 노예를 처음 본 순간부터 그 모습을 단 한 번도 잊은 적이 없었고, 항상 노예제 문제에 대해 생각했다. 연못에 빠져 죽을 뻔했을 때, 루이자를 구해준 이름 모를 아프리카계 소년을 향한 고마움도 늘 간직했다. 이제 루이자가 억압받는 사람들을 구하고, 미국이 저지른 끔찍한 실수를 되돌리도록 도울 소중한 기회였다. 수많은 사람이 다 같은 감정을 느끼고 같은 목표를 향해 나아간다는 놀라운 현실을 경험하면서, 루이자는 다양한 사람들을 알아갈 수 있는 기회라고 생각했다. 힘들게 바느질을 하거나 보풀을 긁어 없애고, 붕대를 준비하는 사람들과 함께 일하며 다양한 신분의 여성을 만났지만, 루이자가 이 과정을 통해 얻은 가장 큰 성과는 불평등을 향한 분노가 폭발했다는 점이었다. 그 분노는 어린 루이자가 오븐 속에서 도망 노예를 보았을 때부터 조금씩 타오르고 있던 불씨였다.

전쟁 중 처음으로 맞이한 겨울에 루이자는 다시 교사가 되었다. 엘리자베스 피보디는 여러 지역에서 유치원을 운영했는데, 워런 거리 교회에 있는 유치원을 루이자에게 맡겼다. 주저하면서 제안을 받아들인 루이자는 임무가 끝나자 마음이 홀가분했다. 그 후에 더 이상 아이들을 가르치는 일을 하지 않았기에 유치원에서 보낸 시간은 루이자에게 의미 있는 추억으로 남았다.

루이자는 존 브라운(1800~1859, 미국의 노예 제도 폐지 운동가. 북부의 노예 제도 폐지론자들의 자금을 원조받아 버지니아주의 연방 정부 무기고를 점거하였으나, 체포되어 반역죄로 처형되었다—옮긴이)의 추모식에 참석하지 못했다. 리지가 준 실크 드레스는 입기 힘들 정도로 낡아서 일기장에 적은 대로 "어울리는 복장이 없기 때문"이었다. 대신, 루이자는 추모식을 위한 시를 썼고, 몇천 명이 모여서 조용히 루이자의 시에 귀를 기울였다. 루이자는 시를 많이 쓰지는 않았지만, 때로는 벅차오르는 감정들을 시로 남기기도 했다.

전쟁이 일어나고 첫해는 아주 천천히 흘러갔다. 대규모 군사 작전은 없었고, 남부가 북부보다 더 많은 승리를 거두었다. 전투가 계속되면서 병원에는 부상당하거나 전쟁으로 다친 군인들로 발 디딜 틈이 없었다. 루이자는 행군하는 군인들의 모습을 보았다. 렉싱턴과 콩코드 길을 따라 걸으며 회색 돌담 옆을 지났는데, 돌담 뒤에는 또 다른 전투를 치르던 전사들이 숨어 있었다. 군인들은 분홍색으로 물든 사과나무를 지나 계속 행군했다. 깃발이 마구 휘날리고, 파이프는 「내 뒤에 남겨진 소녀」를 연주했다. 쿵쿵 울리는 북소리가 그 모습을 바라보던 사람들의 마음을 들뜨게 했다. 떠나가는 군인들의 모습 뒤로 환희와 흥분이 넘치는 장면이 이어졌다. 하지만 흥분 뒤에 숨겨진 슬픈 비극은 다른 경험과 결코 비교할 수 없었다. 애국심으로 불타오르는 힘세고 건강한 젊은이들이 전쟁터로 향하는 모습을 바라보고, 그들이 곧 죽으리라는 사실을 미리 아는 것만큼 끔찍한 일도 없다.

절망스러운 광경이었지만 마음속으로는 함께 가고 싶다는 마음이 간절했다. 몇 주가 지나고, 몇 달이 지났을 때도 루이자의 생각에는 변함없었다. 가족들은 루이자가 젊고, 건강하며, 병간호에 소질이 있다고 생각했다. 엘리자베스도 루이자에게 보살핌을 받는 것을 좋아했다. 아픈 리지를 돌봐준 것도 루이자였으며, 리지는 루이자를 훌륭한 간호사라고 칭찬했다. 루이자가 희망과 연민을 담아 사촌을 간호하는 모습을 보며 아바도 리지와 같은 생각을 했다. 간호병이 절실한 전쟁 상황에서는 루이자와 같은 자격을 갖춘 사람들의 도움이 간절했다. 루이자는 11월에 간호병으로 자원했다.

옷을 챙기고 자신이 없는 동안 필요할 바느질거리를 미리 해두며 떠날 준비를 했다. 가족이 자신을 그리워하리라고는 생각지 않았다. 루이자는 '내가 돌아올 수 있을까?' 하고 끊임없이 생각했다. 힘든 노동과 고난, 병원에 만연하는 전염병으로 인한 위험을 마주해야 했지만 피할 수는 없었다. 루이자는 그 순간에 이렇게 말했다.

"메이 가문의 기운으로 헤쳐나갈 거야."

누군가 루이자의 선택에 의문을 품거나 가지 말라고 한다면 이렇게 답했을 것이다.

"가야만 해."

키트

냉혹한 추위가 찾아온 12월의 워싱턴은 고요했다. 사람들은
큰 소리를 내기 두려워하며 긴장했고 대통령에게는 대단한
전투가 벌어지고 있다는 공식적인 소식이 전해졌다. 북부 연
합군의 번사이드 장군이 화려한 승리를 거두었다는 소문이
무성했지만, 진실은 달랐다. 드디어 제대로 된 소식이 전해
져 프레더릭스버그에서 북부군이 패배했다는 사실이 알려졌
다. 곧 바퀴들이 덜커덩거리는 소리와 함께 부상자 몇천 명
이 워싱턴의 병원으로 몰려들었다.

　　루이자는 간호병으로서 새로운 삶을 맞이했다. 아직은
무슨 일을 해야 하는지 다 알지는 못했고, 담당 병동, 지방이
많은 돼지고기 요리법, 맛없는 커피를 내리는 방법, 붕대와
약들의 재고 수량 정도만 알 뿐이었다. 루이자는 워싱턴 외
곽 고지대에 자리 잡은 조지타운 내 병원에서 근무했다. 병

원으로 쓰이는 건물은 한때 큰 호텔이었는데, 게으르고 태평한 일꾼들이 몇 년 동안 대충대충 관리해온 모양이었다. 먼지가 쌓이고 여기저기 수리가 필요한 건물을 급하게 병원으로 사용하면서 엉성한 철제 간이침대와 더러운 매트리스, 딱딱한 베개와 침구, 그릇, 의료기기가 물밀듯 들어왔다.

밤에 도착한 루이자의 눈에는 병원이 웅장해 보였다. 불을 켜둔 창문들이 즐비했고, 문 앞에는 경비원들이 지키고 서 있었다. 그곳에 가기까지 짧지만 즐거운 여행을 했다. 메이와 줄리언의 배웅을 받으며 콩코드를 떠났고, 보스턴에서는 리지의 집에서 하룻밤을 보냈다. 남부로 향하는 증기선을 타러 갈 때는 애나 부부와 작별 인사를 나눴다. 여행하는 동안 객실에 함께 있는 여성들의 모습을 지켜보았는데, 후프 스커트(철사로 만든 고리를 넣어 풍성하게 보이도록 만든 치마—옮긴이)를 입은 여자들이 좁은 객실 침대에서 불편하게 자는 모습이 우스워 보였다.

필라델피아를 지날 때 루이자는 코가 창문에 닿을 정도로 가깝게 얼굴을 대고 고향과 다름없는 도시를 더 보고 싶어 했다. 드디어 여행이 끝나고 덜컹거리는 마차를 타고 조지타운에 도착했다. 불편하게 긴 시간을 앉아 있던 탓에 몸이 뻣뻣했다. 낯선 사람들과 문 앞에 서 있는 남자들 사이에서 루이자는 의기소침해졌다. 그들을 쳐다보기조차 힘들었지만, 용기 있게 앞으로 나서서 입장 허가를 받고 환영 인사를 들은 뒤에 방으로 들어갔다.

방은 작다는 것 외에는 아무 특징이 없었다. 잠자기에 불편한 철제 침대 두 개가 있는 것으로 보아 다른 간호병과 함께 지내야 하는 모양이었다. 유리창 절반은 깨져 있고, 반대편 창문은 커튼 없이 열려 있었다. 길 건너편 거대한 교회에 꾸려놓은 병원에는 셀 수 없을 만큼 많은 창문이 있었다. 작은 벽난로는 별로 따뜻하지 않았다. 벽난로 구멍에 들어가기에는 너무 커서 밖으로 비어져 나온 커다란 통나무를 벽돌한 쌍이 지탱했는데, 나무가 타들어 가면 안으로 직접 밀어 넣어야 했다. 작은 옷장에는 바퀴벌레가 기어다녔고, 쥐들이 빠르게 움직이는 소리가 시끄러울 지경이었다. 병원 직원 중에 남의 물건을 훔치는 사람들이 있으니 소중한 물건은 방에 두지 말라는 충고도 들었다.

병동에서 해야 할 일을 전달받은 루이자는 시설을 둘러보며 실망했다. 침대보는 아무렇게나 늘어져 있고, 바닥은 더러웠으며, 창문도 닦여 있지 않았다. 긴 복도에서는 악취가 났다. 편안하고 깔끔한 콩코드 집은 꿈에서나 볼 수 있는, 삭막한 병원과는 너무 먼 장소라는 느낌이 들었다. 하지만 일을 해야 했고, 일이 부족한 날은 없었다. 루이자는 아파서 쓰러진 간호병이 담당하던 병동을 맡게 되었다. 아직 교육을

제대로 받지 못한 데다 아는 정보도 거의 없었지만, 병상이
40개 있는 병동에서 관리자로서 무슨 일을 해야 하는지 곧바
로 알아차렸다.

병원에서 지낸 첫 사흘 동안은 견딜 만했다. 같이 일하
는 동료들과 방 친구, 그리고 루이자를 보면 표정이 밝아지
는 환자들과 금세 친해졌다. 수술에 필요한 기술이나 전문
지식은 없어도 루이자는 언제나 친절하고 좋은 말동무라는
점에서 훌륭한 간호사였다.

루이자도 다른 사람들처럼 프레더릭스버그에서 도착할
소식을 기다리며 힘든 날들을 견뎌냈다. 걱정으로 지친 몸을
이끌고 잠자리에 들었다가 새벽 세 시에 "부상자들이 오고
있다"는 호출을 받고 잠에서 깨어났다.

끊임없이 들어오는 부상자들은 빈 침대로 향하거나 복
도에서 기다리고, 바닥에 깔아둔 매트에 눕기도 했다. 걸을
수 있는 사람들은 난로 근처에 우울한 모습으로 서 있었다.
3일 동안 비와 진흙 속에서 전쟁을 치르다가 부상을 당했고,
아주 간단한 응급 처치만 받고 실려온 부상병들은 행색이 엉
망이었다. 루이자는 환자와 간호 업무에 익숙해졌다고 생각
했지만, 이런 경우는 처음이었다.

루이자는 서둘러 지나가는 선임 간호병에게 절박하게
물었다.

"뭐부터 해야 할까요?"

대답은 간단했다.

"일단 몸부터 씻겨줘요."

루이자는 양철 대야와 사포같이 거친 수건, 그리고 집에서 바닥을 닦을 때 사용할 법한 갈색 비누를 준비해 군인들을 씻기기 시작했다. 가장 가까운 곳에 누워 있던 군인부터 시작했는데, 누구인지도 몰라볼 만큼 흙으로 뒤덮여 있었다. 루이자는 이전에도 해봤던 일인 만큼 쉽고 편안하게 너덜너덜해진 군복을 벗기며 신음이 들려오지 않도록 애썼다.

"온종일 일했으니 잠은 푹 잘 수 있겠어요." 아일랜드 억양이 있는 너그럽고 밝은 목소리였다. 긴장이 풀린 루이자는 크게 웃었다. 한 줄로 늘어선 침대에 누운 군인들이 돌아보며 미소 지었고 밝은 목소리의 주인도 함께 웃었다. 순조로운 시작이었다.

며칠 동안 밤낮으로 일하던 루이자는 지치고 몸이 아팠지만, 결연한 의지와 냉정한 판단으로 고통을 참아냈다. 관리가 제대로 이루어지지 않아서 일은 더 힘들게 느껴졌다. 여기저기서 루이자를 찾는 목소리가 들렸고, 부를 힘조차 없는 환자들에게도 도움은 필요했다. 처음에는 어둡고 지친 환자들의 얼굴이 모두 비슷해 보였지만, 서서히 새로 온 환자들을 알아볼 수 있었다. 활기찬 아일랜드계 군인, 가벼운 부상만 입은 불만이 많은 군인, 반대로 부상은 심각하지만 인내심 강한 버지니아 출신 군인도 새로 온 환자였다. 루이자는 처음으로 밤 근무 교대를 하던 날에 북 치는 어린 소년과 그의 친구 키트도 알게 되었다.

루이자는 촛불로 밝히는 어두운 병실의 침대 사이를 걷고 있었다. 신음조차 잘 들리지 않던 조용한 공간에서 누군가 울음을 참느라 끅끅거리는 소리가 들려왔다. 병원에서 가장 어린 환자인 열두 살 빌리였다. 루이자가 빌리를 향해 고개를 숙이자, 빌리는 갑자기 눈물을 쏟기 시작했다.

"꿈속에선 키트가 여기에 있었는데, 깨어 보니 없어요."
빌리는 잠이 다 달아날 만큼 심한 추위로 몸을 떨면서 흐느꼈다.

루이자는 빌리를 달래주었고, 빌리는 곧 다른 환자들을 방해하지 않도록 낮은 목소리로 이야기를 들려주었다. 루이자를 올려다보는 빌리의 하얗고 안쓰러울 정도로 야윈 얼굴에 촛불 불빛이 드리워졌다. 군대에서 남자는 필수적인 존재였고, 정부는 어린 소년들까지 불러모아 북을 치고 나팔을 불게 했다. 빌리가 군인들과 함께 북을 치며 행군할 때, 모든 친구가 빌리를 부러워했다. 비가 오나 눈이 오나, 푹푹 찌는 더위에도, 길고 지루한 행군은 멈추지 않았고, 빌리도 끊임없이 북을 쳤다. 자그마한 빌리의 체격은 보통 군인의 절반밖에 되지 않았지만, 한 번도 뒤처지지 않았다. 하지만 프레더릭스버그에서 군사 작전이 벌어지는 동안 빌리는 열병에 시달렸다. 고열로 떨며 막사 안에 머물러 있을 때 작전 명령이 도착했다.

흔들리는 천막 안에서 총소리에 귀를 기울이고 작전을 실행하는 동료들의 함성 소리를 들었다. 움직일 수 없던 빌리는 그저 기다리면서 바깥 상황을 궁금해할 수밖에 없었다. 그는 동료들을 하나씩 생각했다. 자기를 놀리기 좋아하는 사람, 조언을 아끼지 않는 사람, 그리고 키트. 사랑스러운 친구 키트를 떠올렸다. 키트는 그가 아끼는 가장 친한 친구였다. 찬 바람에 흔들리는 천막을 바라보며 키트에게 안 좋은 일이 생겼을지도 모른다는 걱정을 했다.

막사를 지나쳐가는 수많은 발소리는 행군할 때처럼 균형 잡힌 걸음걸이가 아니라 서둘러 허둥지둥 뛰는 소리였다.

'후퇴하는 건가? 키트가 있는 번사이드 장군 부대가 조니 레브(남북 전쟁 당시 남부군 병사를 부르던 별칭-옮긴이)의 공격으로 후퇴하는 것일까?'

누군가 빛을 등지고 막사 입구에 서 있었다. 바로 다정한 표정의 키트였고, 힘센 팔로 바닥에 펼쳐둔 담요에서 빌리를 일으켜 세웠다. 무슨 일인지 묻지도 못할 만큼 몸이 좋지 않던 빌리는 키트에게 안긴 채 프레더릭스버그에서 이어지는 길 위에 흐르는 음산한 패배의 강을 따라갔다.

"키트, 너도 다쳤잖아. 빌리는 내가 데려갈게." 다른 군인들이 말렸다.

하지만 키트는 빌리를 놓지 않았다. 피곤에 지친 느린 발소리가 덜컹거리는 부상자 운송 마차의 바퀴 소리로 바뀌었고, 계속 이동하면서도 키트는 빌리를 놓지 않았다. 빌리는 완전히 지쳐서 깊은 잠에 빠졌고, 병원 입구에 도착해서야 깨어났다. 누군가 그를 들어 올렸지만 키트는 보이지 않았다. 두리번거리는 빌리를 쳐다보던 부상 당한 군인이 조심스러운 목소리로 키트가 죽었다고 말해주자 금방이라도 눈물이 터져 나올 것 같았다. 하지만 군인은 울지 않았다. 빌리도 군인이었다. 슬픔에 빠지지 않고 역경을 이겨내야만 했다.

빌리는 조용히 병실에 누워 마음을 굳게 다잡고 슬픔을 이겨내려고 애썼다. 하지만 꿈 때문에 괴로움이 밀려왔다. 꿈속에서 그와 키트는 자주 그랬듯이 모닥불을 피워놓고 함께 장난치며 웃고 있었다. 키트의 따뜻한 손은 빌리의 어깨에 얹혀 있었고 힘 있는 키트의 목소리가 귓가에 맴돌았다. 어두운 병실에서 눈을 뜬 빌리는 더는 참지 못하고 베개에 얼굴을 묻은 채 흐르는 눈물을 삼키려고 노력했는데, 루이자가 그 소리를 들은 것이다. 루이자는 한 시간여 동안 빌리의 이야기를 들으며 위로해주었다. 이야기를 마친 빌리는 눈물을 멈추고 곧 잠에 빠져들었다.

루이자는 의자에 기댄 채 숨을 골랐다. 외로운 소년을 도와주느라 모든 체력과 감정이 소모된, 얼마나 피곤하고 기나긴 밤이었는지 모른다! 정적 속에서 생각에 잠긴 루이자는 용기를 잃지 않겠다고 다짐했다.

뒤에서 발소리가 들려 돌아보았더니 펜실베이니아 출신 소총병이 자리에서 일어나 병동 안을 돌아다니고 있었다. 루이자는 급히 달려가서, 열이 심해 잠결에 걷고 있는 군인을 붙잡고 부상이 심하니 돌아다니면 위험하다며, 다시 침대로 돌아가야 한다고 재촉했다.

"집에 갈래요."

말은 했지만 잠에서 깨어나지 않은 부상병은 다른 사람 말을 듣지 않았다. 팔에 매달린 루이자는 그가 걸어갈 때 느껴지는 엄청난 힘 앞에서 아무것도 할 수 없었다. 그는 끊임없이 같은 말을 되풀이했다.

"집에 갈래요."

병동 끝에 있는 덩치 큰 환자가 일어나 루이자의 충고를 듣지 않는 환자를 제지한 후에 원래 자리에 눕혔다. 모든 상황이 진정되고 다시 조용해졌다. 환자는 이따금 집에 간다고 중얼거리기는 했지만 평화로운 꿈을 꾸는 듯했다.

혼잡하고 악취 풍기는 병원에서 모두가 꿈꾸는 장소는

바로 집이었다. 루이자도 마음 한쪽에서는 집을 생각했다. 소나무가 가득한 언덕의 맑은 향기, 녹색 초원을 가로지르는 반짝이는 강물과 길을 따라 늘어선 친근한 이웃집 창문이 그리웠다.

　짧은 휴식 시간에 루이자는 가족들에게 편지를 썼다. 현재 머무르는 공간은 지저분하고 삭막했으며 낭만적인 부분은 없었다. 하지만 루이자는 자기가 가족들을 생각하듯, 그들도 자기가 보고 있는 세상을 알아야 한다고 생각했다. 루이자는 잠시라도 쉬는 시간이 생기면 글을 쓰고 또 썼다. 대장장이 존 술리와 젊고 유쾌한 병장 베인, 빌리와 키트까지 가족들에게 알려주었다. 빌리에게 전해 들은 게 전부였지만, 루이자도 키트를 알게 되었고, 키트가 실제로 곁에 있는 듯했다. 가끔 너무 피곤할 때는 글자를 제대로 쓰지도 못했지만 무슨 이야기를 하고 싶은지는 분명했다.

　항상 강하고 튼튼하고 싶었지만, 늘 익숙하던 신선하고 상쾌한 공기를 마시지 못하며 건강에 좋은 음식을 먹지 못한 탓에 루이자의 몸은 약해졌다. 끊임없이 찾아오는 향수병과 고통받는 사람들의 모습을 견딜 용기는 있어도, 비위생적인 환경에서 비롯된 감염에서 몸을 지킬 수는 없었다. 루이자는 점점 더 여위고 창백해졌지만, 모두 너무 바쁜 탓에 그 사실을 알아차리지 못했다.

그런데도 유쾌한 성격은 변함없었다. 루이자가 담당하는 병동에서는 콩코드에서 그랬듯 웃음소리가 넘쳤다. 도처에 아픈 사람들이 가득했어도 곳곳에서 농담이 오갔다. 어떤 사람들은 흥겨운 분위기가 병원과 어울리지 않는다고 생각했지만, 환자들은 루이자를 좋아했다. 루이자는 못을 박아서 못 열게 되어 있는 창문의 못을 풀어 활짝 열어두기도 했다. 그 행동에 어떤 가혹한 대가가 따를지는 신경 쓰지 않았다. 루이자는 환자들의 침대를 정돈하고, 식판들을 옮기고, 부상자들의 상처에 붕대를 감았다. 새로운 일을 할 때마다 루이자가 맡은 환자들은 싱긋 웃었다.

야간 근무를 할 때는 반나절 동안 잠을 자고, 나머지 시간에는 워싱턴을 돌아다녔다. 피곤했지만 신선한 공기가 주는 활력을 얻기 위해 늘 외출을 했다. 전쟁 속의 워싱턴은 기이하고 북적거리며 흥분되는 도시였다. 노새 여섯 마리가 끄는 군용 마차들이 꼬리에 꼬리를 물고 느릿느릿 지나다녔고 동물을 사랑하는 루이자는 노새에게 마음을 빼앗겼다. 낯설었지만 놀라울 정도로 영리한 동물이었다. 마차를 끌다가 지친 노새는 곧 죽기라도 할 듯 일부러 거리에 드러누웠고, 걷잡을 수 없는 교통 체증을 유발했다. 사람들이 모여들고, 마부는 어떻게든 해보려고 안간힘을 썼지만, 힘없이 누운 커다랗고 검은 동물은 꿈쩍도 하지 않았다. 다른 노새들은 쓰러진 노새를 비난과 놀라움이 섞인 표정으로 바라보며 인내심 있게 기다렸다. 드러누웠던 노새는 한 시간 반 동안 미국 정부의 활동을 방해한 후에 드디어 마음을 바꾸고, 아무런 문제도 없었다는 듯 기분 좋게 길을 떠났다.

어릴 적 사진으로 보고 요정의 궁전이라고 여겼던 국회의사당도 찾아가보았다. 신데렐라가 이렇게 생긴 궁궐에서 왕자와 함께 살았을 것 같았다. 하지만 계단을 올라가 내부로 들어가자, 환상이 무참히 깨져버렸다. 국회의사당은 크고 인상적이었지만, 낭만을 느낄 수 있는 곳은 아니었다. 하원과 상원 모두 자리에 없었고, 경비원들이 그곳을 차지하고 우두커니 서서 잡담하거나 이곳저곳 한가롭게 돌아다녔다. 사람들이 꽉 찬 거리가 오히려 더 흥미로웠다. 진흙과 먼지 사이로 돼지들이 느긋하게 걸어다녔고 그 가운데로 그림처럼 길고 끝없는 행군이 천천히 이어졌다.

루이자의 근무 시간이 밤에서 낮으로 바뀌었다. 일과는 항상 순서가 정해져 있지만, 상황에 따라 달라졌다. 먼저 식판과 찻주전자에 아침 식사를 준비한 후에 침대를 정돈했다. 그리고 환자들 상처에 붕대를 감았다. 붕대가 다 떨어지면 더 많은 붕대를 요청하려고 병원 여기저기를 뛰어다녔고, 반창고가 부족하면 물품을 책임지는 직원을 찾아다녔다. 한참을 헤매다가 으슥한 곳에서 만취한 담당자를 발견하면 제자리로 돌아가라고 단호하게 말해야 했다. 물품 담당자는 다시는 나쁜 행동을 하지 않겠다고 약속하고 비틀거리며 자리로 돌아가곤 했다. 어떤 환자들은 회복하고 나서도 끝없는 관심을 요구하며 예의 없이 행동했다. 또 다른 환자들은 상태가 점점 더 나빠져서 계속 옆에서 지켜봐야만 했다. 한 여자는 남편을 보려고 매일 병원을 찾아왔는데, 그 여자를 제외한 모두가 남편이 오래 살지 못할 거라는 사실을 알았다. 남편이 밤에 숨을 거두었을 때, 너무 갑작스러워서 누구도 소식을 전하지 못했다. 아침이 되자 여자는 평소대로 병원에 찾아왔다.

"이매뉴얼은 어디로 갔죠?" 놀란 부인은 빈 침대를 보고 외쳤다. 환자들은 고개를 돌렸고, 간호병들도 아무 말도 못하고 가만히 서 있었다. 다리를 절뚝거리는 아일랜드계 부상병이 일어나서 팔로 부인을 부드럽게 감쌌다.

"당연히 더 좋은 침대로 옮겼어요. 만나게 해드릴 테니 함께 가시죠." 그가 부인을 데리고 갔다.

한 어머니는 아들 조지가 제대로 된 대접을 못 받는다며, 병원 시설과 간호사, 음식, 환자 관리에서 온갖 단점을 찾아냈고, 병원에 남아 아픈 아들을 간호하겠다고 억지를 부렸다. 병동에 쓸 수 있는 침대가 없어서 아들 침대 옆 바닥에 누워 잠을 잤다. 온종일 잔소리를 멈추지 않는 병원의 골칫거리였지만 지칠 줄 모르는 헌신과 용기는 인상적이었다. 아침에 일어나면 전날보다 더 예민해지고 화를 잘 냈다. 군인들은 생각없이 그 어머니를 놀렸지만, 정작 그런 행동은 신경 쓰지 않고 아들을 간호했다. 부인이 회복 중인 조지를 다른 병원으로 데리고 갈 때, 병동에 있던 사람들이 아쉬움을 느낄 정도였다. 병동은 평화로워졌지만, 지루함을 달래주던 무언가 빠진 느낌이었다.

가녀린 여자가 봉사를 하러 병원을 찾아와 사랑스러운 아이들을 돌보며 루이자에게도 들릴 만한 거리에서 기독교 교리를 가르쳤다. 하지만 한두 시간 정도 일하면 녹초가 되어버려서 일을 열심히 하지도 못했고, 밤에는 혼자 돌아다니는 걸 무서워했으며, 정신이 온전치 못한 환자 생각만 해도 온몸을 떨었다. 감염을 두려워해서 환자들 상처에 붕대를 감거나 열이 나는 환자를 씻기는 것도 거부했다. 피를 보고 기절했다는 사실도 얼떨결에 털어놓았다. 소금기 있는 소고기, 짚과 톱밥으로 구운 것 같은 빵, 묽은 커피를 식량으로 삼는 건 상상조차 할 수 없었다. 봉사 활동을 그만둬야 할 사람이었다.

도착하기 전부터 소식이 들려오던 환자도 있었다. 몸집이 아주 큰, 버지니아 출신 대장장이 존 술리였다. 그는 다른 병사들이 먼저 치료를 받아야 한다며 가장 늦게 도착해서 동료들은 그가 병원에 오지 못하는 건 아닐지 걱정했다. 드디어 술리가 도착한 다음 날 저녁, 루이자는 잠든 술리를 보러 갔다. 전쟁의 포탄으로 심하게 다치기 전에는 덩치가 아주 컸고 몸이 튼튼했다는 이야기를 들었다. 키가 너무 커서 침대를 늘려야 할 지경이었지만 환한 얼굴에서는 평온함이 느껴졌다. 나중에 루이자는 그 모습을 '훌륭한 정치가'라고 묘사했다. 술리가 상처를 치료하면서 고통을 견딜 때, 루이자는 곁에서 힘이 되어주었다. 곧 담당 군의관은 루이자에게 때가 되면 술리가 죽게 될 거라는 사실을 전하는 임무를 맡겼다.

간호병은 지시받은 대로 해야 했다. 루이자는 술리 곁에 앉아서 그의 가족에게 보내는 마지막 편지를 썼다. 전쟁터로 향하기 전에 술리는 어머니와 남동생, 여자 형제들을 부양했고, 이제는 남동생이 전쟁터로 향해야 했다.

"내가 살아 있을 때 답장이 도착하면 좋겠어요." 편지를 쓰는 루이자에게 술리가 말했다.

밤에 술리가 죽음의 문턱에 있으며 루이자를 찾는다는 소식이 전해졌다. 같이 행군하고 전장에서 싸우며 함께 야영하던 친한 동료가 작별 인사를 하는 동안 루이자는 그 모습을 바라보았다. 전쟁에는 끔찍한 모습도 있지만, 상처 입은 군인이 동료에게 애정을 보이는 아름다운 순간도 있다. 술리

가 떠나자 루이자는 사랑하는 친구를 잃은 듯한 큰 상실감을
느꼈다.

　　루이자는 이상할 정도로 다양한 사람이 모인 곳에서 모
두와 친구가 되었다. 그중에는 왜소한 베인 병장도 있었는
데, 빈둥거리는 소년처럼 장난치기 좋아하는 사람이었다. 오
른팔을 쓰지 못했는데, 어떤 편지들은 왼손으로라도 꼭 직접
쓰려고 했다. 편지를 쓰는 내내 얼굴을 붉혔고, '소중한 제인'
을 너무나 보고 싶어 했다. 루이자는 베인이 충분히 건강을
회복하여 제인에게 돌아갈 수 있도록 그를 간호했다. 참을
수 없는 고통으로 힘들어할 때면 디킨스의 이야기로 달래주
었으며, 그럴 때면 베인은 항상 크게 웃었다. 섬세한 태도와
넓은 마음을 지닌 덩치 큰 독일인도 루이자의 친구였다. 그는
빌리가 키트를 그리워할 때면 곁에서 위로해주었고 루이자
를 도와주기도 했다. 빌리와 독일인을 포함한 많은 환자들이
건강을 회복하여 퇴원했다. 그들은 루이자에게 감사한 마음
을 담아 작별 인사를 했으며 입을 맞추는 환자들도 있었다.

　　루이자는 맡은 역할을 잘 해냈지만, 그 일에 어울리는
사람은 아니었다. 피를 보고 기절한 사실을 인정했다던 유약
한 여자는 한 가지 사실만큼은 루이자와 같았다. 루이자는
사람이 많고 청결하지 못한 장소에서 전염병에 걸릴까 봐 두
려웠다. 병원 바닥과 벽은 더러웠으며 악취가 진동했고, 환

기조차 되지 않았다. 환자들과 간호병, 군의관 모두 똑같이 전염병에 노출되었다. 병원에 온 첫날에 루이자는 홍역과 디프테리아, 장티푸스, 폐렴을 앓는 환자들을 모두 같은 병실에서 간호했고 폐렴으로 걱정될 만큼 지독한 감기를 앓았다. 하지만 루이자는 폐렴이 아닌 장티푸스에 걸리고 말았다.

병은 서서히 진행되었다. 점점 더 발걸음이 무거워졌고, 기침이 시작되면 모든 일을 멈추고 발작이 가라앉을 때까지 기다려야 했다. 어느 날은 포토맥강 너머로 멀리 펼쳐진 경치가 한눈에 들어오고, 숲길이 나 있는 조지타운 언덕까지 산책했다. 맑은 개울가에 선 루이자는 공포와 고통으로 가득한 병원 가까이에 평화롭고 아름다운 공간이 존재한다는 사실이 믿기 힘들었다. 하지만 다음 날부터 날씨가 추워지고 폭풍우가 몰아쳐서 산책은 그때가 마지막이었다. 게다가 더 버틸 힘도 없던 루이자의 상태를 군의관들이 알아차리고는 방에 머물라고 지시했다.

맥없이 그 지시를 따르고 싶지는 않았기에, 루이자는 창가에 앉아 바느질을 하고 집에 보낼 편지를 썼다. 존 술리와 베인 병장, 그리고 빌리를 통해 느낀 행운 같은 감정을 집에 있는 가족들도 느끼길 바랐다. 무엇보다도 가족들이 키트를 알아주었으면 했다. 하지만 편지에 자기가 아프다는 이야기는 쓰지 않았다.

루이자가 병원에서 보낸 시간은 굉장히 긴 듯했지만 한 달 조금 넘었을 뿐이었다. 새해 첫날을 맞아, 미국 내 모든 노예가 '영원한 자유'를 얻었다. 비난과 시위의 중심에 있던 에이브러햄 링컨이 전해 9월 예비 노예 해방령을 선언했다. 루이자는 그 '영원한 자유'가 시작되는 모습을 지켜봤다. 종소리가 울려 퍼지고, 기쁨에 찬 아프리카계 미국인들은 거리를 행진하며 크게 소리쳤다. 그들은 울먹이며 「영광 할렐루야 Glory Hallelujah」를 노래했다. 루이자도 창문을 힘껏 열어 얼굴을 내밀고 함께 환호했다. 그렇게 기억 속에 유령처럼 남아 있던 어린 시절에 본 도망 노예들의 모습을 영원히 떠나보낼 수 있었다.

루이자는 점점 더 병세가 심해져 침대에서 일어날 수조차 없게 되었다. 깨진 창문 틈새로 스며든 냉기와 안개 때문에 방은 무척 추웠다. 침대에 누워서 더는 할 수 없는 병원 일과 병원에서 보내던 일상, 때때로 따분하고 재미없는 목사가 환자들 앞에서 허둥대며 설교를 하던 암울한 일요일을 떠올렸다. 환자 일부는 생사의 갈림길에 서 있었고, 그들에게는 종교가 절실하게 필요했다. 시어도어 파커의 목소리가 고통으로 가득한 병원에서는 어떻게 전달될지 궁금했다. 하느님을 향한 넓은 이해심이 어둠 속에서 희망을 찾으려는 환자들을 보듬어준다면 어떨까? 시어도어 파커가 세상을 떠난 지

거의 3년이 지났지만, 도움이 필요한 순간에 그가 해준 모든 말을 되새겼다. 역경을 마주할 수 있도록 파커가 전한 용기 덕분에 루이자는 자신에게 닥친 고난에 맞설 수 있었다.

어느 날 밤, 기침과 살을 에는 듯한 추위에 갑자기 잠에서 깨어났다. 냉기가 지독해 죽을 만큼 고통스러웠고 방에 피워둔 불이 완전히 꺼지면 불을 다시 붙일 힘도 없었다. 침대에 일어나 앉은 루이자는 벽난로 앞에 무릎을 꿇고 앉은 군의관을 보았다. 그는 온종일 바쁘게 일하고는 루이자의 건강 상태를 확인할 겸 불쏘시개를 한 아름 가지고 와서 꺼져가는 불꽃을 다시 살려냈다. 허름한 이불을 덮고 얇은 베개에 기대어 앉은 루이자를 보고 단호하게 말했다.

"집으로 가야 해요."

루이자는 고개를 저었다. 3개월 복무를 지원했으니 한 달 만에 포기할 수는 없었다. 갑갑하고 더러운 병원에서 처음으로 간호했던 장티푸스를 앓는 환자들을 어떻게 보살폈는지 잘 기억나지 않았다. 집, 아름답고 매혹적인 단어였다. 자리에 누워 집을 떠올리며 잠이 들었다.

한 주가 지나고 다시 '집'이라고 되뇌어보았다. 어지럽고 시야가 흐릿했는데, 그 사이로 먹을 수도 없는 음식과 물을 가져오며 루이자를 보살피는 사람들이 보였다. 감독관이 독단적으로 루이자를 더 좋은 여건에서 치료받도록 돌보라는 지시를 내려둔 상황이었다. 어리둥절한 루이자의 얼굴 위로 갸름한 얼굴이 다가왔다. 온화하고 평온한 품위가 느껴지는, 루이자가 가슴에 새긴 얼굴이었다. 아버지가 그 자리에 있는 게 가능한 일일까?

"데리러 왔단다." 분명히 아버지의 목소리였다.

병이 나을 기미가 보이지 않는데도 루이자는 집에 가길 거부했다. 루이자의 의지를 차마 꺾을 수 없는 브런슨은 닷새 동안 곁에 머물며 간호했고, 끝없는 배려와 차분한 인내심으로 자기 역할을 잘 해냈다.

루이자는 힘을 보태지 못하는 상황에서도 병원 일을 걱정했고, 자신을 필요로 하는 환자들을 생각하며 초조한 마음으로 몸을 뒤척였다. 이제야 환자를 잘 보살필 수 있는 법을 터득했다고 생각했는데, 병이 앞을 가로막은 것이다. 그러나 또 다른 걱정거리가 있었다. 병원에서는 일어나서 돌아다닐 수 있을 정도로 충분히 회복한 환자들이 병실의 고된 일을 담당해야 했다. 체계가 잡히지 않은 탓에 환자들에게 과분한 일을 시키는 경우가 생겼고, 열심히 환자들을 돌본 간호병들의 노고가 물거품이 되는 일도 발생했다. 어떤 군인은 군대에 지원하지 말았어야 할 정도로 심장이 약했지만, 병원에서는 식판이나 몸을 가누지 못하는 무거운 부상자들을 옮겨야 했다. 그는 원래 있던 병이 더 악화될 때까지 일을 계속

했다. 허리를 심하게 다친 소년은 고통스러워하면서 바닥을 닦았다. 대책 없이 앉아서 루이자는 가엾은 환자들에게 신경 쓰는 사람이 없을지도 모른다는 생각에 걱정이 깊었다. 며칠 이 지나고 손쓸 수 없을 만큼 병세가 심해지자, 병원 사람들 은 루이자를 보낼 준비를 했다.

　모든 사람이 작별 인사를 하러 밖으로 나왔다. 동료 간 호병들은 루이자를 위로했고, 군인들은 작은 선물을 준비했 다. 수석 간호병은 숄과 성경책, 그리고 병원에 도착한 이후 로 기쁨과 고통의 원인이 되었던, 예리하지만 주제넘은 훈계 를 적은 목록을 건네주었다. 친구들의 배웅을 받은 루이자가 기차를 타고 떠나는 순간, 모든 게 허망하게 느껴졌다. 브런 슨은 루이자와 집으로 돌아가던 여정의 모든 순간을 기억했 지만, 루이자는 아무 감흥이 없었다. 가끔 자신을 쳐다보는 얼굴들을 보려고 자리에서 몸을 일으켰는데, 그 얼굴들은 루 이자의 헝클어진 머리와 홍조를 띤 볼, 구겨진 옷을 보고 충 격과 공포에 휩싸여 있었다. 드디어 보스턴에 도착했을 때, 겁에 질려 괴로워하는 어머니의 모습이 보였다. 아바는 루이 자가 시원한 이불보와 부드러운 베개가 있는 편안한 침대에 누울 수 있도록 도와줬다. 긴 여행 끝에 루이자는 집에 도착 했다.

소로의 플루트

렉싱턴과 콩코드를 잇는 도로가 보이는 방에서 루이자는 몇 주 동안 침대에 누운 채 망상에 시달렸다. 내면의 다툼이 계속되는 가운데 루이자의 귀에는 썰매 방울 소리, 깍깍거리는 까마귀 소리와 울새 노랫소리가 들렸다. 집으로 돌아오던 날에는 들판에 하얀 눈이 소복하게 쌓여 있었는데, 지금은 산비탈에 초목이 푸르렀다. 유리창에 비친 마르고 비틀거리는 몸과 짧은 머리카락, 루이자는 자신을 알아볼 수 없었다. 집에 도착한 이후 다시 일어나기까지 기억하고 싶지 않은, 악몽과도 같은 시간이 흘렀다.

루이자가 병마와 싸우고 있는 사이, 올컷 가족에게는 행운이 찾아오기도 했다. 비가 내리던 3월 어느 날, 브런슨은 축복과도 같은 새로운 소식과 함께 보스턴에서 집으로 향했다. 브런슨은 더는 참지 못하고 마차에 오르면서 마부에게 소식을 털어놓았다.

"제가 할아버지가 됩니다. 애나가 아들을 낳았어요."

아직 가족들도 소식을 듣지 못했기에 그는 서둘러 집으로 향했다. 우산을 흔들며 허겁지겁 들어가 벅찬 목소리로 외쳤다.

"애나가 건강한 사내아이를 낳았어!"

경사스러운 순간을 맞이하면 늘 그렇듯이 집안 여자들은 한목소리로 크게 기뻐했고, 브런슨은 하던 말을 마저 끝내기가 힘들었다.

"아기와 산모 모두 건강하대요."

아바는 눈물을 흘렸고 메이는 흐뭇하게 미소지었다. 아기 이름을 '루이자 캐럴라인'이라 짓기를 바랐지만, 뜻대로 되지 않았다며 루이자는 투덜댔다.

아바는 곧바로 애나의 아기를 보러 떠났고, 어머니가 집에 없는 동안 메이가 집안일을 담당했다. 3월이 되어서야 루이자는 자리에 겨우 앉을 수 있었고, 머리카락은 다시 자라서 짧지만 풍성한 곱슬머리가 되었다. 루이자는 외모에 대한 허영심은 없었지만, 자신의 '하나뿐인 아름다움'이라고 여긴 머리칼을 잃었다는 사실은 받아들이기 어려웠다. 가정 형편이 어려울 때, 머리카락을 팔려던 어릴 적 루이자의 다짐은 그만큼 중대한 결심이었다. 루이자는 조국을 위해 목숨을 바

치지는 못했지만 대신 머리카락을 바쳤다고 받아들이기로
했다.

루이자는 '애나의 천사'를 생각하며 큰 힘을 얻었다. 루
이자가 죽음의 문턱까지 갔을 때 오랜 시간 곁을 지킨 브런
슨과 아바는 매우 지친 상태였지만, 새로운 가족이 생기면서
집 안에는 이전과 다른 생기 있는 목소리가 가득했다. '루이
자 캐럴라인'은 새로 태어난 아기에게 어울리는 이름이 아니
었고, 루이자는 '에이모스 마이닛 브리지 브런슨 메이 슈얼
올컷 프랫'이라는 이름을 추천했다. 이름에서 가족의 규모와
가족 사이의 두터운 믿음이 느껴졌지만, 결국 '프레더릭 올
컷 프랫'으로 정했다.

소중한 아기를 위해 루이자가 가장 먼저 한 일은 간단한
바느질이었다. 하지만 여전히 몸이 아프며 기운이 없고 지나
치게 약해져서, 어떤 일을 하더라도 5분만 지나면 포기하고
말았다. 그러나 몸은 서서히 회복되어 4월에는 마차를 탈 수
있게 되었고, 집 앞 정원과 사과나무 아래로 이어진 길에서
짧은 산책을 할 수도 있었다.

올컷 가족의 소중한 친구 헨리 소로가 이전 해 겨울에
세상을 떠났다. 루이자가 병원에 있던 시절, 드물게 찾아오
는 조용한 밤이었다. 루이자는 모두가 진심으로 사랑한 수줍
음 많은 천재의 죽음을 기리며 글을 몇 줄 떠올렸으나, 그 후

고단한 생활로 인해 모두 잊고 말았다. 하지만 기력이 돌아오고 다시 세상을 바라볼 힘이 생기자, 소로가 그리워졌다. 루이자는 소로에 대한 그 글을 써서 간직했지만, 누구에게도 보여주지 않았다.

힐사이드의 주인인 호손은 올컷 가족뿐만 아니라 소로의 오랜 동료이자 친구이기도 했다. 호손의 아들 줄리언은 어느 더운 여름밤에 현관에서 나는 가벼운 발소리와 바스락거리는 소리를 들었다. 문을 두드리거나 벨을 울리는 사람은 없었는데, 누군가 문틈 사이로 밀어넣은 종이 뭉치가 있었다. 그 종이 뭉치를 아버지에게 가져가서 함께 펼쳐보았는데, 루이자가 쓴 시 「소로의 플루트」였다. 루이자는 감정이 소용돌이처럼 몰아칠 때만 시를 썼고, 그러한 시를 모두가 보는 앞에서 보여주기 부끄러워서 이런 방식을 선택한 것이었다.

호손 부인은 《애틀랜틱 먼슬리The Atlantic Monthly》 편집자에게 루이자가 쓴 시들을 보여주었고 소로를 기리는 마음이 담긴 시는 잡지에 실렸다. 케임브리지에 있던 브런슨과 서재에서 대화를 나누던 헨리 워즈워스 롱펠로(1807~1882, 미국의 시인-옮긴이)가 《애틀랜틱 먼슬리》 한 부를 건네며 말했다.

"한번 읽어보게. 에머슨이 소로를 위해 쓴 시야."

당시에는 신문이나 잡지에 작가의 이름을 넣지 않고 작품을 실었다.

"그 시는 루이자가 쓴 걸세." 자부심에 미소를 지으며 브런슨이 대답했다.

그 시기에 에머슨은 미국에서 가장 중요한 작가 중 한 사람이었으니 브런슨이 기뻐하는 것은 당연했다. 에머슨에게서 받은 영향을 생각하면 루이자의 작품들이 에머슨의 작품과 비슷하다는 사실은 그리 놀랍지 않다. 언젠가 루이자는 자신에게 많은 가르침을 준 에머슨과 시어도어 파커에게 큰 은혜를 입었다고 말했다.

루이자가 아프던 시기에 찾아온 또 다른 행복은 루이자가 쓴 글들과 관련이 있다. 아직 병원에 있을 때《커먼웰스 Commonwealth》신문사의 기자 샌본이 루이자가 쓴 편지 일부를 읽었다. 크게 감명받은 샌본은 곧바로 그 편지들을 모아 '병원 스케치Hospital Sketches'라는 제목으로 신문에 실었다. 키트와 빌리, 존 술리, 베인 병장은 올컷 가족 외에도 많은 사람에게 친근한 인물이 되었다. 루이자는 사랑 이야기만 쓰려 하지 않았고, 생생한 현실을 전하는 글을 쓰고자 했다. 글에는 연민보다 유쾌함이, 고통보다 용기가 담겨 있었다. 특히 공들여 모든 인물을 세세히 묘사했는데, 가장 두드러지는 인물은 키트였다. 빌리의 이야기로만 전해 듣던 키트가 진정한 성공을 안겨준 셈이었다. '병원 스케치'는 많은 사랑을 받았고,《커먼웰스》는 루이자에게 더 많은 글을 부탁했다.

가족이 모든 소식을 전해주었지만, 루이자는 여전히 너무 아파서 그들이 하는 말을 완전히 이해할 수는 없었다. 엄청난 사실을 받아들일 만큼 마음도 강하지 못해서 그 이야기를 믿지도 않았다. 몸이 조금 나아진 루이자는 말도 안 되는 소식에 대해 오랫동안 생각하며 잠시나마 인기를 음미해보니 기분은 좋았다. 다시 글을 쓰고 싶지는 않았지만, 건강을 되찾고 '병원 스케치'를 더 써달라는 요구가 끊이지 않자, 이야기를 완성하기로 했다. 활기찬 아일랜드계 군인과 베인 병장, 덩치 큰 독일인 프리츠에 대해 모든 걸 전하려고 애썼다. 무엇보다 영웅이 전장에만 있지 않다는 사실을 전하고 싶었다.

끝이 보이지 않는 우울한 전쟁에서, 전투가 하나씩 끝날 때마다 쏟아져 나올 부상자들을 생각하면 마음이 무거웠다. 지치고 배고픈 상태에서 부상자들이 간호도 제대로 받지 못하고 있을 터였다. 루이자는 자기 자신을 희생하며 얻은 지식을 이제는 현장에서 쓸 수 없다는 사실이 안타까웠다. 몸 상태가 좋아지면 아프리카계 미국인들을 위해 세운 병원으로 돌아가고 싶었다.

부지런하고 성실한 노력으로 자유를 얻어 북부에 자리 잡은 아프리카계 사람들의 모습에 익숙한 루이자는 워싱턴에 사는 낙천적인 사람들을 보고 당황했다. 아침이면 병원으로 허드렛일을 하러 출근하는 여자들은 각자 생김새는 달랐지만 모두 밝고 친절했다. 온종일 수증기와 비누 거품 냄새가 나는 지하 세탁실에서는 시끄러운 수다가 끊이지 않았다. 장난기 많은 아이들은 병원에서 건물들 사이를 뛰어다니거나 계단을 오르내리며 심부름을 했다. 물건을 슬쩍하는 아이도 있긴 했지만, 언제나 사근사근하고 착하며 밝았다. 루이자는 이 새로운 환경을 이해하려고 노력했다.

루이자는 간호병으로 돌아갈 만큼 건강을 회복할 수 없다는 사실을 깨닫고 다른 계획을 준비했다. 노예 신분에서 벗어난 아프리카계 미국인들이 전쟁에 소집되어 돌아왔고, 루이자는 정부가 도망 노예를 위해 설립한 학교 한 곳에 지원할 생각이었다. 하지만 그마저 어려울 정도로 몸이 약하다는 사실을 또 한 번 인정해야만 했다. 전쟁이 불러온 불안은 끝이 없었고, 누구도 우울한 생활에서 벗어날 수 없었으며, 더 나아질 거라는 기대를 쉽게 품을 수도 없었다.

안 좋은 소식들로 사람들을 끝없는 공포로 몰아넣은 악몽 같은 전쟁은 아포매톡스에서 남부군이 항복했다는 소식이 전해지면서 끝났다. 햇볕이 뜨거운 오후, 군인들은 렉싱턴 거리를 따라 승리의 기쁨이 느껴지는 발소리를 울리며 행군했다. 북소리에서 이전과 다른 기운이 느껴지고, 승리를 알리는 깃발이 휘날렸다. 호손의 어린 자녀들은 집으로 돌아오는 군인들을 더 잘 보려고 오처드 하우스로 뛰어갔다. 올컷 가족은 레모네이드와 자두 케이크를 준비했고 지치고 목마른 군인들이 대문 앞에 주저앉아도 비난하지 않았다. 루이자는 그중 대령 한 명과 퇴역 군인들처럼 전쟁에서 겪은 이야기를 나누었다. 어느덧 해가 지고 군인들은 다시 집합해 돌아갈 준비를 했다. 그들은 서둘러 길가로 향하면서 남은 레모네이드를 마시고, 더듬더듬 감사 인사를 전했다. 루이자는 문 앞에 서서 떠나는 군인들의 모습을 지켜봤다. 군인들이 모두 일렬로 늘어서서 행군할 준비가 되었을 때, 갑자기 환호성이 울리며 메아리쳤다. 루이자를 향한 환호였다. 군인들도 영웅이 전장에만 있는 것은 아니라는 사실을 알았다. 뒤돌아서 집으로 향하는 루이자의 눈에 눈물이 고였다.

루이자와 같은 천성을 가진 사람들은 에이브러햄 링컨의 암살 소식을 듣고 무척 괴로워했다. 평화로운 미래를 꿈꾸며 들떠 있던 국민은 위대한 대통령의 죽음으로 깊은 슬픔에 빠졌고, 절망 속에서 하루를 보냈다. 일어나선 안 될 재앙이 일어났다고 생각했다. 루이자는 워싱턴에서 본인의 안전에 무관심한, 오히려 경호 인력을 피해 겁 없이 돌아다니던 링컨을 향해 사람들이 수군거리던 모습을 기억했다. 사람들은 전쟁의 책임이 전적으로 대통령에게만 있다고 비난했다.

그들의 분노는 증오가 되었고, 대통령을 죽음으로 몰았다.

루이자는 대통령을 향한 믿음을 글로 남겼다. 노예에게 자유라는 새로운 의무를 주려 한 링컨 대통령의 계획에 전적으로 공감했고, 그의 계획을 사람들에게 전하고자 했다. 루이자는 희망이 사라졌다는 생각에 가슴이 아팠다.

전쟁이 끝나고 갑작스러운 슬픔이 찾아왔을 때, 루이자는 마음을 달래고 떨어진 체력을 회복하기 위해 글을 썼다. 집으로 돌아온 이후 글을 다시 쓰고 싶은 마음은 생기지 않았다. 《커먼웰스》에서 요구하는 만큼 글을 쓴 후에는 전쟁에 관한 글을 쓰기 시작했다. '병원 스케치'를 재미있게 읽은 사람들은 루이자가 감당할 수 있는 양보다 더 많은 이야기를 읽고 싶어 했다. 《커먼웰스》에 새로운 연작을 싣기 시작했는데, 이야기가 만족스럽지 않아서 중간에 갑작스레 연재를 중단했다. 루이자는 스스로 최선을 다하고 있지 않다는 사실을 알았지만, 최선을 다하는 방법을 알지도 못했다. 자신의 강점이 상상력이 아닌 현실을 전하는 데 있음을 알았으면 좋았겠지만, '병원 스케치'를 향한 독자들의 즉각적인 반응이 어떤 의미인지 알지 못했다. 여전히 몸 상태가 좋지 않던 루이자는 어찌할 바를 몰라 의기소침해지고 우울해졌다.

'병원 스케치'를 책으로 출간하길 원하는 출판인 제임스 레드패스(1833~1891, 미국의 저널리스트이자 노예제 반대론자–

옮긴이)와 비교적 신생 출판사인 로버츠 브라더스가 루이자에게 편지를 보냈다. 루이자는 오래 고민하지 않고 레드패스에게 원고를 보냈다. 훗날을 생각하면 루이자를 지키는 천사가 루이자가 돌이킬 수 없는 실수를 하지 않도록 도와준 듯하다.

책으로 나온 『병원 스케치』(1863)는 인기가 높았다. 실제 편지들은 루이자가 간호병으로 일하면서 짧은 휴식 시간에 썼기 때문에 성의 없는 내용도 있었다. 편지를 쓰던 시절에는 문체의 완성도는 부족했고 상황을 선명하게 설명하는 게 전부였다. 하지만 시의적절하게도 출간 당시에는 많은 사람이 궁금해하는 이야기가 생생하게 담겨 있어서 《커먼웰스》에 기고했을 때보다 독자층이 더욱 넓어졌다. 대수롭지 않게 여기던 루이자도 크게 기뻐했다.

출판인들이 더 많은 이야기를 써주길 바라자, 루이자는 지난 4년 동안 틈날 때마다 열심히 쓴 소설 두 권을 꺼냈다. 레드패스가 『우울』을 보고 너무 길다고 하자 실망한 루이자는 책을 한쪽으로 치워두고 다시 단편을 쓰기 시작했다. 그러다가 잠들지 못한 어느 밤에 『우울』의 내용을 줄이고 수정하기로 마음먹었다. 다듬어진 내용은 출판인들의 큰 호응을 얻었고, 1864년 크리스마스 직전에 출간되었다.

루이자는 내용이 빈약한 그 작품을 '선택받은 울새'라고 표현했는데, 불안한 마음에 자꾸 수정을 해서 더 좋은 작품이 되지 못했다고 생각했다. 그리고 헨리 제임스(1811~1882, 미국의 철학자이자 신학자-옮긴이)가 『우울』을 칭찬했던 일을 마음속에 간직했다. 제임스 부부가 초대한 저녁 식사 자리에서 제임스의 아들인 헨리 제임스(1843~1916, 미국 소설가이자 문학 평론가-옮긴이)가 해준 진지한 조언을 나중에 회고하기도 했다. 루이자는 나이가 어린 헨리를 '문학 청년'이라고 불렀으며, 놀라울 정도로 눈부신 업적이 빛을 발하고 있는 청년 헨리보다 훨씬 나이가 많다고 느꼈다. 한동안 『우울』에 대한 호평이 계속되었지만 오래가지는 않았다. 『병원 스케치』를 읽은 독자들은 사실적이고 생생한 전쟁 이야기를 쓰는 루이자에게 사랑과 거짓이 주제인 글을 쓰길 바랐다.

『우울』의 짧은 성공을 뒤로하고 루이자는 실의에 빠졌다. 그러다 결국에는 장편에 심드렁해졌다.

"형편없는 얘기라도 쓰겠어. 가장 반응이 뜨거울 거야. 난 칭찬이 필요해."

루이자답지 않은 생각이었고, 스스로 가지고 있는 능력과 브런슨의 원칙, 에머슨의 가르침과도 어울리지 않았다. 오랫동안 병마와 용감하게 싸우면서 병약한 순간에도 책임을 다했지만 나아지는 게 없다는 걸 깨달았으니 그런 생각이 들 수밖에 없었다.

그렇지만 루이자의 마음을 조금은 낮게 해줄 변화가 생겼다. 루이자는 성급하지만 인내심이 강했고, 엉뚱하고 비현실적이지만 실용적인 감각을 갖춘 사람이었다. 이런 성격은 루이자의 장점이었고, 덕분에 건강이 좋지 않던 우울한 시기에도 앞날을 위해 꾸준히 노력했다. 『우울』의 출간 이후 평화롭던 시기가 지나고, 여름이 찾아왔다. 몸이 많이 좋아진 루이자는 이전보다 더 선명하고 올바른 시선으로 세상을 바라볼 수 있었다. 탄식은 그만두고 마음먹은 일을 시작했다.

글을 실어줄 출판사가 간절한 루이자는 쓸 수 있는 모든 종류의 글을 써서 많은 출판사로 보냈다. 그즈음 루이자의 글을 원하는 출판사가 두 곳에서 세 곳으로 늘어났고, 글을 요청하는 잡지사도 많았지만, 여전히 오랜 시간 쉬지 않고 글을 쓰는 것은 힘들었다. 아버지가 커다란 느릅나무로 만든 정원 의자에 앉아 있곤 하던 루이자는 어린 시절의 활기차고 적극적인 꿈을 다시 꾸기 시작했다. 아픈 사람들이 그렇듯이 루이자도 힘든 현실만을 생각했지 미래는 꿈꾸지 않았다. 그러나 기운을 되찾자 다가올 미래를 생각하기 시작했다. 스스로를 실패자라고 여겼던 자신이 아직 정복해야 할 세계가 눈앞에 있었다.

로리

오랜 병치레를 끝내고 나니 삶을 다시 시작하는 기분이 들었다. 오랜 시간 무기력하게 지내다가 다시 기운을 되찾으면 불가능하다고 여기던 모든 것이 가능해 보이면서 삶이 새롭고 아름답게 흘러간다. 아픈 기억으로 끝맺은 병원 시절이 모험이나 새로운 도전을 향한 의욕을 사라지게 만들지는 못했다. 루이자는 건강하던 예전 모습으로 돌아가 더 많은 꿈을 꾸었다.

워싱턴으로 떠났던 여정은 루이자의 인생에서 가장 긴 여행이었고, 그동안 모르던 세상을 처음으로 맞닥뜨린 순간이었다. 세상의 아주 작은 부분이었고, 힘든 경험뿐이었지만, 그 일을 계기로 자신이 아버지를 닮아 여행하기 좋아한다는 사실을 깨달았다. 워싱턴에 비하면 콩코드에서의 삶은 상당히 제한적이고 고립되어 있었다.

간호 일과 질병으로 정신 없는 날들을 보내면서 이전의 습관들은 모두 버릴 수밖에 없었다. 동시에 교사 일과 재봉 일을 하는 것도 지쳐버렸다. 병에서 회복하는 몇 달 동안 한 번도 해보지 못한 경험에 대한 갈증이 커졌다. 미지의 세상을 구경하고, 여전히 마음을 괴롭히는 고통과 망상에 대한 불행한 기억을 지우고, 새로운 기억을 새기고 싶었다.

루이자는 글을 써서 처음으로 수익이라고 부를 만한 돈을 벌었고 그 돈을 바로 가족을 위해 썼다. 빚을 갚고 나면 안도할 수 있다는 사실과 어머니가 평화롭고 안정된 생활을 누리며 불안을 덜 느낄 거라는 생각으로 주체할 수 없이 기뻤다. 그렇지만 그토록 바라던 여행을 떠나려면 방법을 찾아야만 했다. 예전만큼 건강하지 않은 데다 세상을 돌아다닌 경험이 없는 루이자에게는 어려운 과제였다. 어쩔 수 없이 소원을 이룰 기회가 나타날 때까지 초조하게 기다리기로 했다.

루이자는 틈틈이 시간을 내어 열심히 글을 썼는데, 시어도어 파커가 다른 이름으로 등장하는 소설 『성공』에 상당한 공을 들였다. 여전히 전쟁 이야기를 썼지만 '시시하고 애국적이며 형식에 얽매인' 이야기라는 생각이 들어 금세 싫증을 느꼈다. 그토록 꿈꿔온 해외여행을 하고 나면, 그 후에 무엇을 시작해야 할지도 생각해보았다.

올컷 가족의 친구에게 병약한 딸이 하나 있었다. 그 딸이 유럽 여행을 떠나고 싶어 했는데, 루이자에게 간병인으로 동행해달라는 제안을 했다. 깊이 고민해보았다면 자신이 맡게 될 역할이 일반적인 간호보다 더 지치고 힘든 일이 될 수 있다는 사실을 깨달았겠지만, 루이자는 바로 수락하고 일주일 안에 여행 준비를 마쳤다.

루이자는 수평선을 향해 굽이치는 파란 대서양의 물결을 바라보며 앞으로 펼쳐질 세상을 실감했다. 그때까지 닿을 수 없는 먼 곳으로만 여겨지던, 지구의 동쪽 끝 너머로 나타나는 외국의 해변을 보고도 눈앞의 광경을 믿을 수 없었다.

그들은 영국에 도착해서 런던을 한 번 훑어볼 만큼만 머물렀다. 루이자처럼 영국에 처음 와보는, 글을 쓰는 사람에게 런던은 한 가지 의미만 있었다. 바로 찰스 디킨스의 런던이었다. 꿈에 그리던, 항상 비가 내리는 잿빛의 도시에 몇 주간 머물고 싶었지만 시간은 충분하지 않았다. 그들은 벨기에를 넘어 프랑스를 잠깐 구경하고, 배로 여유롭게 라인강을 따라 올라갔다.

루이자는 계곡을 지나고 숲이 우거진 산을 오르며 느낀 낭만적인 감정을 아무에게도 말하지 않았다. 가파른 지붕이 빼곡한 마을과 뾰족한 첨탑이 딸린 교회, 언덕 위의 성을 보며 자신의 로드리고를 떠올렸으리라. 당시에는 책으로만 알던 성벽과 백작에 관한 이야기가 실제로 눈앞에 펼쳐지니,

치기 어렸던 자신의 이야기가 부끄러워졌다. 루이자는 웃으며 다시는 상상에만 맡긴 터무니없는 글을 쓰지 않겠다고 다짐했다.

괴테가 살던 집에 가보려고 프랑크프루트에 들렀다. 루이자는 열렬히 영웅을 존경했고, 그 집은 루이자가 존경해온 인물의 성지였다. 그다음엔 남쪽으로 더 이동하자 알프스산맥이 보이기 시작했다. 멀리 보이는 하얗고 하늘 높이 솟은 산들 덕분에 꿈속 세계에 있는 것 같았다. 스위스 브베에서는 친구의 건강을 보살피기 위해 여행을 멈추고 잠시 머물렀다.

10월 하순, 루이자 일행은 숙소 빅토리아에 안전하게 도착한 후 여행을 잠시 멈출 수 있다는 사실에 안도했다. 영국인 주인 여자는 투숙객들을 편하게 해주었고, 잠시라도 머무는 사람들이 만족하는 모습을 보며 자부심을 느꼈다. 늘 그렇듯이 루이자의 착하고 친절한 태도는 다른 사람들의 마음을 얻기 충분했을 것이다. 투숙객 중에서 한 가족만이 루이자에게 적대적이었는데, 아직 전쟁의 후유증에서 벗어나지 못한 남부 출신 대령과 그 가족이었다. 루이자는 무례한 모습을 향해 미소를 지을 뿐, 크게 신경 쓰지 않았다.

스코틀랜드에서 온 쾌활한 자매들도 그곳에 머물렀다. 자매들은 월터 스콧(1771~1832, 19세기 초 영국의 낭만파 시인이자 작가. 주요 저서로는 『최후의 음유 시인의 노래』와 『마미온』,

『호수의 여인』이 있다—옮긴이)과 아는 사이여서 루이자에게 그에 대해 이야기해주었다. 루이자는 자매들과 함께하는 시간이 즐거웠고, 영국 사람들은 예의 바르고 친절했다. 루이자는 바로 이런 이유로 여행을 떠나고 싶어 했다. 여행에서 만난 사람들을 알아가고 그들이 보고 들은 것과 아는 사람들에 대해 이야기 나누는 시간이 좋았다. 함께 생활하는 사람들이 편해지면서 여행의 긴장감이 사라지자 루이자는 불행을 마주할 여유가 생겼고, 이번 여행이 실패로 돌아갈 것임을 깨달았다.

루이자는 원래 까다로운 일을 책임지기 어려워했다. 언제나 다른 사람을 먼저 생각하며 배려하고 누군가를 돌보는 일에 불평하지 않았지만, 몸이 완전히 회복되지 않은 상태라 여전히 불안하고 초조했다. 게다가 아픈 친구는 체력도 부족하고 싫증을 잘 느껴서 루이자는 보고 싶은 것들을 보지 못하고 궁금한 곳에 찾아갈 수도 없었다. 뜻대로 되지 않는 여행에 실망감을 느끼고 있을 때, 흥미로운 사건이 발생했다.

마구에 방울을 단 말 네 마리가 이끌며 뿔피리를 든 기수가 모는 보통 크기보다 세 배는 큰 승합 마차가 딸랑딸랑 방울 소리를 내며 브베로 들어왔다. 낭만적인 운송 수단에서 열여덟 살에서 스무 살 정도로밖에 보이지 않는 젊은 청년이 내렸다. 폴란드에서 온 청년은 얼굴이 하얗고 여위었으며,

머리카락은 검었다. 검은 눈동자가 긴장한 듯 보이는 청년은 숙소에 머무는 사람들에게 자신을 소개하던 순간부터 멋진 태도로 '미국에서 온 루이자 아가씨'의 눈길을 끌었다. 주인은 '라디슬라스 비스니에프스키'라는 조금 어려운 이름으로 청년을 불렀다.

"건강이 안 좋군요." 선명한 눈빛에 안색이 창백한 그를 보고 루이자가 말했다.

청년이 찬바람에 떨자 루이자는 따뜻한 도기 난로 근처 탁자에 앉을 자리를 마련해주었다. 청년이 유창하지 못한 영어로 감사의 인사를 전한 순간, 루이자는 마음을 빼앗겼다.

루이자보다 열두 살이나 어렸지만, 그를 어린 소년으로 여기는 사람은 없었다. 폴란드에서 혁명이 일어났을 때는 학생이었지만, 동기 몇 명과 함께 국가를 위해 러시아의 통치권에 맞서서 싸울 준비를 했다. 공격은 성공하지 못했고 몇 달 동안 감옥에 갇혀 있어야 했다. 드디어 감옥에서 나왔을 때, 폐에 생긴 병이 심각해 위험한 상황이었다. 아픈 몸으로 홀로 고향에서 추방당했고, 건강을 회복할 수 있으리라는 희망을 안은 채 스위스로 온 터였다. 여전히 파랗고 하얀 폴란드 혁명가의 제복을 입은 청년은 다정한 루이자와 금세 친해졌다.

우여곡절 많은 인생을 살아오는 동안 루이자에게 청혼

한 남자들이 있었다. 열다섯 살에 청혼을 받았을 때는 구혼자가 감성적이고 어리석다는 사실을 깨닫자 갑자기 그를 향한 흥미를 잃어버렸다. 다른 사람들에게 감정을 털어놓지 않은 루이자는 다른 여러 구혼자들과 그들을 향한 마음을 비밀로 남겨두었다.

애나가 약혼할 당시에도 루이자에게 결혼을 재촉하는 구혼자가 있었다. 가족을 위해 그와 결혼하는 걸 고민하던 루이자에게 현명한 아바는 자신을 희생하는 어리석은 결정은 독립적인 루이자에게는 한없이 불행한 일이라며 말렸다. 기차에서부터 집까지 쫓아와 집 근처를 어슬렁거리며 편지와 꽃다발을 보내던 구혼자에 대해 우쭐거리며 농담하기도 했다. 일기장에는 연애 이야기를 적으면서 구혼자들은 늘 슬기롭지 못하고 우스꽝스러워 보인다고 남겼다. 아마 한 번도 그들을 진지하게 생각하지 않아서 우스워 보였던 게 맞을지도 모른다.

루이자는 무척 바빴고, 가정과 가족들을 위해 할 수 있는 일을 생각하느라 결혼을 생각할 여유가 없었다. 결혼하지 않아도 삶은 버거웠고 결혼하고 싶은 마음도 들지 않았다. 간절히 바라는 독립적인 삶을 양보할 수 없었다. 한편 루이자는 애정과 감정, 사랑과 행복을 받아들이는 데에 대단한 재능이 있었는데, 또래에게도 에머슨이나 시어도어 파커에게 품었던 애정을 느낀 적이 있었는지는 알 수 없다.

라디슬라스와 나눈 애틋한 우정을 사랑이라고 할 수는 없었다. 가볍고 순수한 종류의 감정이었고, 오랜 시간이 흘러도 여전히 그와 나눈 행복에서 따뜻함을 느낄 수 있었다. 늘 조용하고 감정 표현을 하지 않는 뉴잉글랜드 사람들과 달리, 라디슬라스는 루이자를 스스럼없이 찬미하고 헌신적인 마음을 표현하는 것을 부끄러워하지 않았다.

함께 즐거운 나날을 보내며 라디슬라스는 루이자에게 프랑스어를, 루이자는 라디슬라스에게 영어를 가르쳐주었다. 호수에서 뱃놀이를 하기도 하고, 성에 있는 넓은 땅을 둘러보기도 했다. 언덕에 올라 발아래에 펼쳐진 아름다운 경치를 바라보기도 했다. 그들의 대화는 쉴 틈 없이 이어졌다. 저녁이면 훌륭한 음악가인 라디슬라스는 숙소 거실에서 악기를 연주했다. 깊은 예술적 감수성이 루이자의 섬세한 감성과 잘 맞았다. 모두가 라디슬라스를 좋아했고, 건강이 좋지 못한 그에게 각별히 관심을 가졌다. 눈 덮인 산과 넓고 파란 호수에서 기분 좋은 만남이 두 달 동안 계속되었다.

사랑만큼이나 우정에서도 낭만을 느낄 수 있다. 루이자는 새로운 세상에 눈을 뜨게 해준 라디슬라스와 나눈 우정에서 그 낭만을 느꼈다. 라디슬라스의 인정과 애정은 아주 큰 힘이 되었다. 그동안 자기 능력을 의심하고 부끄러워했으며 큰 키를 불편하게 여긴 루이자는 자존감이 부족해서 밝은 에너지와 생기 있는 태도가 자신의 단점보다 훨씬 크다는 사실을 깨닫지 못했다. 그러다가 좋아하는 마음을 거리낌 없이 표현하고 루이자의 특별함을 알려주는 라디슬라스를 만난 것이다.

루이자는 라디슬라스의 재치 있는 말솜씨와 숨김이 없는 솔직함이 마음에 들었다. 지혜롭고 진지한 그의 마음을 받아들이고 깊이 느껴보려고 어느 때보다 노력했다. 루이자는 라디슬라스의 이야기를 들으며 스위스라는 나라와 그곳에 사는 사람들, 무엇보다 그가 좋아하는 사람들에 대해 알게 되었다. 라디슬라스와 함께한 모든 날 중에서 루이자가 오랫동안 잊지 못한 순간은 건조한 바람이 불던 11월, 생일 아침이었다. 두 사람은 따스한 햇볕을 쬐기도 하고 그늘에서 걸으면서 웅장한 성의 정원을 지나 눈부신 무지갯빛 호수를 구경하기도 했다. 행복한 몇 주가 지나고, 마침내 루이자와 여행 동지가 프랑스로 떠나야만 하는 순간이 왔다.

루이자와 친구는 남은 겨울을 프랑스 니스에서 보냈다. 루이자는 주변을 에워싼 꽃들이나 파랗고 조용한 물가보다 생명력이 넘치는 산간 지방을 더 좋아했다. 이제 곁에서 열심히 기운을 북돋아주고 시간을 함께 할 친구도 없으니 맡은 역할에 대한 불만이 점점 커졌다. 라디슬라스가 그리웠고 집에 있는 가족들도 보고 싶었다. 소중한 사람들과 함께 있을 때는 그들을 돌보는 것에만 치중한 나머지 한 사람 한 사람의 모습을 들여다볼 여유가 없었다. 마음속에서 끊임없이 가족들의 모습을 떠올리던 루이자는 이전보다 가족을 더 잘 이해하게 되었으며, 엘리자베스의 짧은 인생이 전한 아름다움과 용기를 온전히 느낄 수 있었다. 비록 멀리 떨어져 있지만, 어린 시절에 한 약속을 아주 잘 지키고 있는 애나의 모습도 눈에 선했다. 애나의 노력과 헌신으로 형부와 갓 태어난 둘째를 포함한 두 조카는 힘을 얻었다. 어머니를 에워싼 피로와 무기력함을 느끼며 슬픔에 잠겼고, 아버지가 오랜 시간 공들인 일이 마침내 결실을 맺기 시작하는 모습을 보고 기뻐했다. 집에 있을 때는 왜 모든 걸 선명하게 보지 못했는지 안타까웠다.

　　메이는 똑똑하고 용감하게 성장했고, 루이자와 비슷한 희망과 포부를 품고 있었다. 루이자와 메이는 여러모로 성격이 비슷했는데, 너무 닮아서 어릴 때는 종종 다투기도 했다. 애나와 엘리자베스의 온순한 성격을 공격적인 메이와 루이자에게서는 찾아볼 수 없었다. 그러나 아무리 동생과 다퉈도 루이자는 동생을 사랑하고 존중했다. 메이를 위해 몇 시간 동안 힘들여 바느질해서 무도회 드레스를 만들었고, 드레스를 입은 메이는 공주처럼 보였다. 루이자는 넘치는 의욕에 무도회 드레스에 그치지 않고, 승마복도 만들어서 어떻게든 말을 탈 방법을 마련했다. 그러고는 메이의 모습에 기뻐했다.

아름다운 꽃이 만개한 남부 프랑스에서 어린 동생이 더욱 생각났다. 아름다움이 가득한 이곳에서 메이가 어떤 기분을 느낄지 상상했다. 메이는 자기가 걸어온 길보다 더 평탄한 길을 걷길 바랐다. 필요한 교육과 격려를 받고 자신의 아름다움을 지키고 풍족한 삶을 살기를 원했다. 곳곳에 행복과 평온함, 안정감과 적절한 기회들, 그리고 알맞은 구혼자들이 있길 희망했다. 마지막으로 라디슬라스가 루이자에게는 친구 이상이 되기에 너무 어렸지만, 메이와 잘 어울리는 헌신적인 연인이 될 수 있으리라는 낭만적인 상상까지 하게 되었다.

니스에서 열리는 축제와 화려한 부활절 의식을 구경하고 멋진 비극 공연들도 보았다. 장미 향이 흩날리던 어느 화창한 봄날, 루이자는 집으로 돌아가기로 결심을 굳혔다. 약속대로 친구와 함께하며 살뜰하게 보살폈지만, 이제 루이자를 대신해서 도와줄 사람들이 있었다. 프랑스의 봄은 아름다웠지만, 잔뜩 쌓인 눈이 녹아 없어지고 느릅나무에 희미하게 초록 잎들이 올라오는, 사랑하는 가족이 있는 뉴잉글랜드가 보고 싶었다. 친구에게 고민을 털어놓은 루이자는 계획을 세워서 곧바로 귀국길에 올랐다. 이제 자유로워질 루이자는 얼마나 신나고 행복했을까!

루이자는 먼저 파리에 들렀다가 영국으로 갈 계획이었다. 열차가 요란한 소리를 내며 역으로 들어서는 순간 루이자는 라디슬라스를 보고 깜짝 놀랐다. 그는 군중 틈에서 루이자를 향해 하얗고 파란 모자를 흔들고 있었다. 라디슬라스가 파리에 있다는 건 알았지만, 어떻게 도착 시간을 알았는지는 모를 일이었다. 나중에 라디슬라스는 루이자가 파리에 갈지도 모른다고 말했던 것을 기억하고 파리에 온다면 다인 부인의 숙소에서 머물 거라고 생각했다고 알려주었다. 그래서 거의 매일 다인 부인을 찾아가서 소식이 있는지 물었고, 마침내 루이자가 돌아오는 시기를 알아낸 것이다. 라디슬라스는 루이자를 위해 뭐든 할 준비가 되어 있었고, 루이자가 2주라는 짧은 기간에 가능한 한 많은 걸 보고 그의 지식을 마음껏 활용해주기를 원했다.

라디슬라스는 강 너머 잘 알려지지 않은 지역에서 폴란드 혁명에 함께한 친구 둘과 함께, 집이라고 하기 어려울 정도로 좁고 누추한 곳에서 지냈다. 루이자가 영어를 가르쳐주기 전까지는 영어를 거의 할 줄 모르던 라디슬라스는 번역으로 돈을 벌려고 했는데, 이제는 『허영의 시장Vanity Fair』(1847~1848)을 폴란드어로 번역할 정도로 스스로 영어를 잘한다고 생각했다. 라디슬라스는 정확한 번역이 어려운 구절들을 보여주었고 루이자는 정성을 다해 그를 도와주었다. 그는 답례로 파리의 아름다운 모습을 보여주었다. 나폴레옹 3세 황제와 황후는 화려한 궁궐과 유희로 왕좌를 유지하려고 애썼다. 현명한 정치는 아니었지만, 덕분에 여행객들은 볼거리가 많았다.

미술관과 오래된 교회뿐 아니라 낡은 궁전 정원에서 열리는 사치스러운 축제, 거리를 밝히는 조명과 행진까지, 루이자는 이 모든 것을 2주 동안 정신없이 구경했다. 짧은 여행 끝에 라디슬라스와 헤어지기는 쉽지 않았다. 루이자가 라디슬라스에게 느끼는 감정은 확실하지 않았지만, 라디슬라스가 루이자에게 느끼는 감정은 단순하지 않았다.

"우리는 다시 만날 수 없을지도 몰라!" 라디슬라스는 헤어지는 순간에 루이자를 향해 소리치고는 제멋대로인 폴란드인답게 손등에 입을 맞추었다. 움푹 들어간 뺨과 안쓰럽게 기침하는 모습을 보며 루이자는 가슴이 철렁 내려앉았다. 용기를 내어 작별 인사를 건넸지만 발걸음이 쉽게 떨어지지 않았다.

영국에서 보낸 시간은 파리에 있을 때만큼이나 즐거웠다. 영국 사회에 출판사들의 소개를 받은 루이자에게 더 많은 기회가 열렸고 다양한 곳에 초대를 받았다. 시골의 농가를 방문하고 가시금작화로 노랗게 물든 들판, 종달새와 꽃 피는 산사나무를 본 이 시간을 루이자는 모든 여행을 통틀어서 가장 좋아했다. 디킨스 낭독회에 가기도 했으며 출판사와 계약을 하여 책 출간의 기회를 얻기도 했다. 영국 어디를 가도 루이자는 미국에서 온 작가, 루이자 메이 올컷으로 대접받았다. 누군가의 간병인이나 동행인이 아닌 훌륭한 사람으로 대우받는 것이 겸손한 사람에게는 도움이 되는 법이다.

하지만 그러한 기쁨도 루이자가 하려는 진짜 여행을 늦추지 못했다. 7월이 되자, 루이자는 리버풀에서 배를 타고 비바람을 견디는 긴 항해 끝에 집에 도착했다. 여행 내내 어디에서도 느끼지 못한 기쁨에 젖어, 떠난 지 1년 만에 돌아온 집으로 헐레벌떡 뛰어갔다.

루이자는 아주 오랜만에 만난 가족들이 이전과 달라 보인다고 생각했다. 아바는 더 나이 들어 보였는데, 든든한 루이자 없이 불안한 날들을 보낸 게 틀림없었다. 애나는 지친 기색이 역력했지만, 발랄한 메이는 여러 가지 계획들로 정신이 없었다. 애나의 두 아이는 통통하고 사랑스러웠다. 생계를 유지하려고 아바가 어쩔 수 없이 돈을 빌려야만 했을 무렵, 루이자는 몇 주 동안 프랑스와 영국에서 자유를 느끼고 있었다. 루이자가 가족들을 도우려고 서둘러 집으로 온 것은 확실히 잘한 일이었다. 루이자는 만족스러운 작품이 나오기 전까지는 여행 짐조차 풀지 않았다.

비로소 루이자에게 행운을 전하는 멋진 요정이 모습을

드러내기 시작했다. 끈질긴 노력으로 많은 것을 이루어냈지만, 이번에 일어난 엄청난 사건에는 흔히 말하듯 '운'이 따랐다. 하지만 사람들은 루이자가 신의 축복을 받을 자격이 충분하다고 생각했다.

출판사 로버츠 브라더스의 동업자이자 대표인 토머스 나일스는 멀리서 루이자의 작품 활동을 지켜보았다. 루이자가 쓴 극적인 이야기들에 고개를 저으며 끝내 좋은 성과를 거두지 못한 『우울』을 읽기도 했지만, 신문에 실린 '병원 스케치'를 읽고 나서야 다정하고 검은 눈이 반짝거렸다. 루이자에게 자기 출판사에서 '병원 스케치'를 책으로 묶어 출간하고 싶다는 제안을 담아 편지를 썼다. 루이자의 거절에도 그는 기대를 놓지 않고 기다렸다.

루이자가 여행을 다녀온 후로 다시 글을 쓰기 시작했을 때, 호기심 많고 통찰력 있는 나일스는 다시 한번 루이자에게 접근했다. 나일스는 높은 안목을 가졌으며 말투가 느긋했다. 그는 사촌들과 함께 살았는데, 겨울에는 비컨 거리에서 지냈고 여름에는 알링턴에 있는 낡았지만 아름다운 집에서 살았다. 남을 잘 도와주는 친절한 마음을 타고났으며, 자신과 조금이라도 관련 있으면 젊은 사람들과도 잘 어울렸다. 형제가 열네 명인 만큼 어린 친척들도 많은 그는, 주변의 어린 독자들을 염두에 두고 루이자에게 제안했다.

"제 생각에는 올컷 씨가 여자아이들을 위한 이야기를 썼으면 싶군요."

루이자는 여자아이들에 대해 잘 알지 못하고, 남자아이들을 더 좋아하며 잘 이해한다고 말했다. 그런 이야기로 쓸 만한 적절한 소재도 없다고 대답했다. 더구나 그때는 너무 바쁜 나머지 나일스의 제안을 진지하게 고민해볼 수 없었다. 아바가 심각한 병을 앓다가 회복한 후, 이른 겨울에 루이자는 보스턴으로 떠났다. 헤이워드 플레이스에 방을 얻고 부지런히 글을 써서 가족이 생활을 유지할 만큼의 돈은 벌 수 있었지만, 넉넉하지는 않았다. 돈이 절박해지기 시작할 무렵, 상냥하고 인내심 많은 현명한 나일스가 또 한 번 루이자를 찾았다.

"올컷 씨가 여자아이들을 위한 이야기를 꼭 써주면 좋겠어요."

너무 절박해서 무엇이든 할 기세였던 루이자는 이번에는 그의 조언을 받아들였다. 가난은 도전을 하도록 이끄는 원동력이 되었고 루이자는 그 도전을 시작했다.

여전히 몸이 좋지 않은 어머니를 보살피려고 집으로 돌아왔을 때는 2월이었고, 본격적으로 새로운 글을 쓰기 시작한 건 1868년 5월이었다.

"우리 자매들 말고 다른 여자아이들에 대해서는 잘 모르겠어요." 루이자는 풀이 죽어 어머니에게 투덜거렸다. 이전에 가족 이야기를 쓰면서 다양한 시련과 노력을 보여주겠다고 생각했던 루이자는 그 계획을 다시 꺼냈고, 최소한 노력이라도 해보자는 마음으로 글을 쓰기 시작했다.

글을 쓰기 시작했을 때는 이야기를 완성할 수 없을 것 같았다. 의도하지는 않았지만 모든 이야기는 루이자가 열세 살 때부터 가장 행복한 시절을 보낸 힐사이드에서 일어난 사건들 위주로 흘러갔다. 언덕 위에서 하던 놀이와 헛간에서 공연한 연극, 돈을 벌려고 했던 일, 사소한 다툼, 가족에게 일어난 모든 일들이 이야기 속에서 조금씩 자리를 잡아가기 시작했다. 현명하고 용감한 어머니 아바는 딸들의 모든 생활에 관여했듯이, 이야기 속에서도 중요한 역할을 차지했다. 자매들이 어린 시절에 즐겨 읽은 아름다운 『천로역정』은 이야기 곳곳에 녹아들었다. 아버지에 대해서는 어머니만큼 많은 내용을 담지는 못했다. 다른 사람들, 특히 어린 독자들이 브런슨의 진정한 가치와 훌륭한 태도를 이해하지 못할 것이라고 생각했다. 하지만 브런슨의 훌륭한 생각은 루이자의 글에 스며들었고, 특별한 이야기를 만들어냈다.

여자 주인공 넷이 있더라도, 이야기에는 남자 주인공이 존재하기 마련이다. 애나가 결혼한 후 프랫 부부의 집에서 한동안 같이 살았고 콩코드에서 샌본이 운영하는 학교에도 다닌 다정한 노랑머리 소년 알프레드 휘트먼은 올컷 가족의 소중한 친구였다. 휘트먼이 올컷 자매들과 함께한 작은 모험들도 이야기의 소재가 되었다. 하지만 루이자가 그린 소년은 휘트먼이 아니었다. 음악을 사랑하고 유쾌함이 넘치는 검은 머리 소년은 모험을 즐기고 선한 마음을 지닌 모습이 루이자와 닮아 있었다. 처음에는 외롭고 안타까운 모습으로 등장한 소년은 자신을 따뜻하게 감싸준 이웃과 가장 친한 친구가 되는 '로리'였다. 이야기를 이어가는 데 집중한 루이자는 처음에는 라디슬라스가 로리가 되어 이야기에 등장했다는 사실을 알아차리지 못했을지도 모른다.

희망 넘치는 나일스에게 보낼 첫 열두 장을 마친 루이자는 이야기가 흥미롭지 않고 일상적인 일들만 가득한 흔한 이야기라는 우려를 했다. 글을 쓰면서도 루이자는 계속해서 여자아이들을 위한 이야기를 쓸 수 없으리라 생각했다. 하지만 재능 있는 사람들은 자기도 모르는 사이에 최선을 다하게 되며, 루이자도 마음속으로는 좋은 이야기가 탄생했다는 것을 알았다.

루이자는 곧바로 자신의 이야기를 고대하는 나일스에게 원고의 앞부분을 보냈다. 소포를 받아 집으로 가져간 나일스가 찰스강이 내려다보이는 조용한 서재에서 이야기를 되풀이해 읽는 모습을 떠올릴 수 있으리라. 날이 어둑어둑한 6월

하순이었고, 글을 읽는 동안 둑과 다리 위로 불빛이 드리우기 시작했다. 드디어 원고를 내려놓은 나일스는 한숨을 쉬었다. 이야기가 생각했던 것과는 달랐다. 하지만 백발이 되어가는 비혼 남자가 자라나는 여자아이들을 위한 책을 평가하는 것은 최선의 방법은 아닐 터였다.

나일스는 루이자에게 솔직한 마음을 담아 편지를 썼다. 책이 성공할지 걱정되지만, 나머지 이야기를 보고 싶다는 내용이었다.

루이자가 아니었다면 나일스의 편지를 받고 노력을 멈추었을지도 모른다. 하지만 루이자는 자기 작품을 이성적인 관점으로 보았다. 어린 독자들에게는 흔히 접하는 비극이나 감성적인 이야기보다 이런 이야기가 필요하다고 생각했기에, 나일스가 보낸 편지에는 신경 쓰지 않고 과감하게 글을 계속 썼다.

제목을 묻는 나일스에게 루이자는 곧바로 답장을 할 수 있었다. 제목은 '작은 아씨들'이었다.

작은 아씨들

좌절 속에서도 작지만 빛나는 희망을 품고 살아가는 평범한 삶, 그런 삶을 산 루이자에게 느닷없이 찾아온 관심은 사뭇 낯설었다. 루이자의 책이 세상에 나온 이후, 겉으로 자신을 드러내지 않던 루이자의 삶은 완전히 달라졌다. 집으로 셀 수 없이 많은 편지가 도착했고, 지나칠 정도로 많은 사람이 찾아왔다. 사람들은 『작은 아씨들』(1868)의 저자로 유명해진 루이자가 가는 곳마다 쫓아다니며 사인을 받으려고 하거나 말 한마디라도 나누고 싶어 했고, 그저 얼굴이라도 보겠다며 따라다니는 사람들도 있었다.

　『작은 아씨들』의 집필은 순조롭게 마무리되었다. 독자들이 주인공의 연애 이야기를 더는 궁금해하지 않으리라 생각한 루이자는 메그의 약혼을 끝으로 이야기를 완성했다. 책의 첫 장을 읽고 실망한 기색을 보인 나일스는 여전히 솔직했다. 이야기는 기대만큼 흥미롭지 않았고, 책의 출간을 포기하는 게 더 나을 거라는 생각까지 했다. 하지만 먼저 젊은 친구들과 책의 독자 나이에 맞는 소녀들에게 글을 보여주고 의견을 물었다.

나일스는 이 과정에서 비혼 남자의 판단이 중요하지 않다는 사실을 깨달았고, 진짜 중요한 여자아이들의 의견만 참고했다. 원고를 처음 보여준 사람은 롱우드에 사는 조카 릴리 알미였다. 원고를 급하게 읽은 릴리는 숨을 쉬지 못할 만큼 흥분해서 나일스가 한참을 진정시킨 후에야 감상을 말할 수 있었다. 다른 여자아이들에게도 원고를 보여주었는데, 모두 똑같이 그 이야기를 좋아했다.

원고를 읽은 아이들의 찬사에 힘입어 나일스는 책을 출판하기로 했다. 그다음은 이미 우리가 아는 그대로다.『작은 아씨들』은 자연스럽고 사실적이었으며 복잡하지 않은 데다 억지로 감동을 자아내려 하지 않았는데, 이런 책을 소녀들이 그토록 기다렸다는 사실을 아는 사람들은 거의 없었다. 루이자는 그들이 원하는 것을 알고 있었고 나일스의 실망한 표정을 보았을 때도 원고 작업을 계속하기로 마음먹었다. 이야기의 진가를 제대로 알아보지 못했다고 해서 비난할 수는 없는 일이다. 루이자에게 글을 써보라는 제안을 하고, 루이자의 거절에도 포기하지 않았으며, 마지막에는 여자아이들의 의견을 따른 나일스의 지혜가 없었다면,『작은 아씨들』은 세상에 나올 수 없었다.

『작은 아씨들』에는 네 자매의 삶이 모두 담겨 있다. 정원과 과일나무들, 헛간이 딸린 허름한 힐사이드에서 보낸 가장 행복하고 동심이 가득한 시절이 들어 있다. 하지만『작은 아씨들』에 등장하는 집은 루이자가 이야기를 쓰던 시절 가족과 함께 살던 오처드 하우스의 모습을 더 닮았다.『작은 신사들』(1871)에 나오는 플럼필드가 힐사이드의 모습과 더 가까웠다. 마치March라는 이름은 수많은 우여곡절을 겪으며 불안 속에 살아온 아바의 성 메이May에서 자연스럽게 따왔다. 브룩 농장과 프랫 가족의 가까운 관계는 존의 성을 프랫에서 브룩으로 바꾸는 계기가 되었다. 루이자의 다른 작품들에도 존을 볼 수 있는데, 변함없는 진솔함과 친절한 성격을 그대로 보여주는 대사와 함께 항상 같은 모습으로 등장한다. 삶에 만족하는 애나를 보며 루이자는 결혼 생활 전반에 스며든 아름다움을 느낄 수 있었다. 엘리자베스는『작은 아씨들』에서 따뜻한 마음과 기죽지 않는 용기를 지닌 모습 그대로 등장한다. 메이는 이야기 속에서 많은 이들의 총애를 받는 응석받이지만 넘치는 매력과 재능을 가지게 되었다.

그렇더라도『작은 아씨들』의 진정한 주인공은 '조'다. 조는 어쩌면 루이자가 상상한 것보다 훨씬 더 루이자와 닮았다. 루이자는 겸손한 눈으로 자기 자신을 바라보았는데, 조의 겉모습도 일반적인 여자 주인공의 모습과 완전히 달랐다. 조는 루이자의 결점을 숨기고 아름답게 꾸며낸 인물이 아니었다. 굽은 어깨와 어색하게 긴 팔과 다리, 예민한 감성, 무모한 실수들, 조급한 성미처럼 자기 겉모습이나 성격의 단점을 솔직하게 드러냈다. 다른 인물들보다 조를 훨씬 잘 이해했기에 조는 가장 현실감 있고 사랑스러운 인물이 되었다. 조 역시 루이자가 그렇듯 자연스럽게 빛나는 인상적인 인물로 등장하여 눈에 띌 수밖에 없다.

올컷 가족이 보스턴에서 학교를 운영하던 시절에 만난 루이자의 할아버지는 친절하지만 겉보기에는 엄격해 보였는데,『작은 아씨들』에서 로리의 할아버지 로렌스 씨로 등장한다. 루이자는 "마치 대고모는 완전히 새로운 인물"이라고 했지만, 가족들 생각은 달랐다. 자신만의 방식으로 너그러운 여인은 다름 아닌 핸콕 대고모의 모습이었다. 루이자는 기억하지 못했지만 지위 높은 사람들과 잘 아는 사이인 데다 가족들에게 강압적이면서도 따뜻한 마음을 지닌 인물이었던 핸콕 대고모는 집안의 전설로서 존재감이 충분했다. 핸콕 대고모는 완전히 핸콕스러운Hancockish 방식으로 존재했다. 조와 에이미에게 다정한 친척들의 모습을 보면 다정한 사촌 리지가 쉽게 떠오른다. 작은 역할들까지 원래 인물이 누구인지 전부 알아낼 수는 없지만, 모두 루이자가 아는 사람들이었으리라.

루이자는 『작은 아씨들』로 간절하게 바라던 소망을 이루었으며, 이 책이 자신의 최고 작품이 되리란 사실을 알았다. 세상의 인정을 받고 성공을 이룬 루이자에게는 유명해졌다 사실보다는 모두에게 사랑받는다는 게 중요했다. 자기 능력을 의심하고 뭘 해야 할지 찾고 스스로 고통에 몸부림치는 실패자로 여기던 날들이 모두 지나가고, 마침내 마음속 깊은 곳에서도 자신의 성공을 인정해야 할 순간이 왔다.

갑자기 많은 부를 얻은 루이자는 평생을 가난하게 살아왔기에, 별안간 행운의 마법 지갑을 손에 쥔 기분이었다. 올컷 가족은 더는 이사를 하지 않아도 되었다. 오처드 하우스로 거처를 옮겼을 때, 그들은 20년 동안은 이사할 일이 없기를 기대했고, 그 소망을 이루었다. 마지막 집주인이 땔감 용도로만 여겼던 허물어져가는 낡은 집이 마침내 편안한 공간이 되었다.

햇살이 쏟아지는 넓은 침실에서, 몸이 약한 아바는 온종일 앉아 뜨개질이나 바느질을 했다. 더는 힘들고 바쁘게 일할 필요가 없었다. 그동안 너무 바빠서 볼 시간조차 없던 책들도 읽을 수 있었다. 루이자는 가난하던 시절 전전할 수밖에 없던 어둡고 답답한 셋방에 대해 안 좋은 기억들이 있어서 아바에게는 햇살이 들어오는 방을 마련해주고 싶다는 말을 얼마나 자주 했는지 모른다! 루이자의 뜻에 따라 브런슨의 서재에는 시대를 앞서간 그의 교육 철학을 담은 논문들을 모아놓은 긴 선반과 여분의 책장들을 놓았다.

오처드 하우스에 화로를 들여놓았고 카펫도 깔았다. 불과 몇 년 전만 해도 공연 입장권을 사려고 모은 돈으로 가족들을 위한 카펫을 샀었는데, 이제는 추운 집을 위해 마음껏 할 수 있는 게 많아져서 집 안에 온기와 활기가 감돌았다. 루이자는 플란넬로 만든 여성용 속치마부터 실용적이면서 편한 것, 그리고 가족들을 안정감과 행복 속에서 살게 해줄 수 있는 거라면 무엇이든 생각해냈다.

가족을 위해 문제들을 해결하면서도 정작 자기 자신은 뒷전이었다. 작고 평범한 루이자의 방 탁자 위에는 무릎에 올려두고 글을 쓰던 허름한 검은색 문구 상자를 놓아두었다. 루이자는 힐사이드의 조그마한 탁자에서 작가의 길을 걷기 시작했고 다락방이나 셋방에 살면서도 눈에 띄지 않는 구석에 앉아 글을 계속 썼는데, 글을 쓰기에는 지나치게 불편해서 그런 곳들을 그리워하지는 않았다.

한편, 나일스는 미스틱 호수의 둑을 따라 강아지들과 함께 산책하다가 매력적인 고택 알링턴 하우스(남북 전쟁 당시 남부군 총사령관이었던 리 장군의 기념관-옮긴이) 정원에 앉아

『작은 아씨들』 후속작 계획을 세웠다. 제안을 듣고 루이자는 심하게 반대했다. 아이들 이야기는 다 썼고 그 아이들이 결혼하는 모습을 보고 싶어 하는 독자는 없을 거라고 생각했다. 길고 긴 설득의 시간이 지나고 수많은 편지를 받고 나자 루이자는 한 가지 조건을 걸고 그 뜻을 받아들이기로 했다.

"누군가를 기쁘게 하려고 조와 로리를 결혼시키지는 않을 거예요."

『작은 아씨들』 1편은 1868년 10월에 출간되었다. 나일스는 인세로 일정한 금액을 지불했는데, 이런 상황이 처음인 루이자에게는 그 액수가 크게 느껴졌다. 나일스는 가능한 한 작가들을 공정하고 너그럽게 대해야 출판업이 계속될 수 있다고 믿었다. 루이자와 나일스의 관계는 아주 좋은 예로 남았고, 『작은 아씨들』은 나일스가 이룬 가장 큰 성공이 되었다.

토머스 나일스는 진 잉겔로우(1820~1897, 영국의 시인이자 소설가-옮긴이), 에밀리 디킨슨(1830~1886, 미국의 시인-옮긴이), 토머스 베일리 올드리치(1836~1907, 미국의 단편 작가이자 시인-옮긴이), 수전 쿨리지(본명 세라 울지, 1835~1905, 미국의 어린이 책 작가-옮긴이), 헬렌 헌트 잭슨(1830~1885, 미국의 시인이자 소설가-옮긴이), 에드워드 에버렛 헤일(1822~1909, 미국의 작가이자 역사가, 유니테리언 목사-옮긴이) 등의 작가들을 발굴하기도 했다. 당대의 훌륭한 작가들은 그와 친하게 지냈다. 작가들은 나일스의 매력적이고 조용한 모습에 흥미를 느꼈고, 대화가 거의 없더라도 그의 사무실에 오는 걸 꽤 즐겼다. 하지만 그의 조카들 말로는 나일스 집에 방문한 작가 중 나일스가 유일하게 함께 있는 것을 좋아했던 작가는 루이자뿐이었다고 한다.

루이자는 나일스와 소중한 우정을 쌓았고, 그 우정은 루이자 인생에서 아주 중요한 자산이 되었다. 나일스는 루이자가 문학적으로 고민할 때는 훌륭한 조언자 역할을 했고, 작가 생활을 하는 내내 적극적이고 헌신적인 길잡이가 되어주었다. 생계 수단이 생긴 데다 조언자까지 얻었으니 금전적인 문제로 어려움을 겪을 일이 더는 없었다. 브런슨의 친구였던 나일스는 루이자의 문학적 멘토가 되어서 함께 기회를 만들어갔다.

그러니 봄에 출간될 『작은 아씨들』의 후속편을 써야 한다는 나일스의 당부를 따르기로 한 건 어쩌면 당연했다. 루이자는 11월부터 쓰기 시작한 글을 빨리 끝내서 새해 첫날 나일스에게 원고를 보냈다. 성장하기 시작한 자매들을 보여주는 이 소설에 대해 네덜란드 번역가는 "자신만의 날개를 가진 자매들의 이야기"라고 표현했다. 느릅나무 아래에서 하객들이 춤을 췄던 애나의 결혼식도 등장했고 비극적이었던 엘리자베스의 짧은 인생도 명료한 글로 되살아났다. 독자들은 단지 작품 속 표현 때문이 아니라 베스라는 인물 자체를 애도했다.

루이자와 메이 둘 다 결혼을 하지 않았으므로, 흠잡을 데 없는 이야기의 결말을 위해서는 상상력을 넓힐 필요가 있었다. 루이자는 처음으로 해외여행을 가서 메이를 생각하던 때를 떠올리며 에이미가 해외로 떠나서 아름다운 광경을 마음껏 볼 수 있도록 해주었다. 루이자가 라디슬라스를 만난 브베에서 에이미는 로리를 다시 만났고, 가상의 두 인물은 호수 위에서 결혼 서약을 했다. 조에게는 전혀 예상치 못한 인물을 남편감으로 만들어주었다.

도대체 루이자는 누구를 생각하며 바에르 교수를 썼을지 아주 오랫동안 모두가 궁금해했다. 루이자가 바라는 장점들만을 갖춘 이상적인 인물이었을까? 착한 바에르 교수에게서 브런슨의 모습도 약간은 보이지만, 고집 센 조를 향해 숭고한 원칙과 조언을 전하는 모습이 에머슨과도 닮아 보일 수 있다. 바에르 교수가 독일인이라는 점에서 루이자가 이상적인 인물로 여긴 괴테의 흔적도 나타난다. 그러나 루이자가 어떤 특정 인물을 바에르 교수의 원형으로 삼았는지는 흔적을 찾을 수 없다. 마음속에는 만족스러운 연인의 모습이 없었으니, 바에르가 다른 등장인물들보다 설득력이 떨어지는 인물이라는 건 그다지 놀랍지 않다.

존재감이 희미한 마치 가족의 아버지를 브런슨으로 보기에는 무리가 있다. 루이자는『작은 아씨들』을 쓰기 훨씬 이전부터 아버지를 중심인물로 이야기를 쓰려고 했고, '발상의 가치The Cost of An Idea'와 '보수적인 소년An Old-Fashioned Boy'처럼 다양한 제목을 생각해놓기도 했다. 루이자는 아버지를 헌신적으로 사랑했지만, 둘은 너무 달랐고 아버지의 선택과 의도가 항상 옳다고 생각하지도 않았다. 평생 아버지를 온전히 이해하는 순간이 오기를 기다렸으나, 결국 그 순간은 오지 않아서 브런슨에 관한 책도 쓰지 못했다. 브런슨의 이야기를 쓰려는 계획을 세워두었기에『작은 아씨들』에서 네 자매의 아버지를 인상적인 사람으로 그리지 않았을 수도 있다. 하지만 브런슨을 향한 루이자의 진정한 사랑이 돋보이는 장면이 등장하기는 한다.

『작은 아씨들』의 마지막에 조는 바에르 교수와 함께 마치 대고모가 남겨준 "멋지고 고풍스러운" 플럼필드를 유복하지만 부모님의 보살핌을 받지 못하고 보모의 손에서 자랐거나 가난하여 정식 교육을 받지 못한 소년들을 위한 학교로 사용할 계획을 발표한다. 조가 말한 학교는 브런슨이 늘 꿈꿔왔지만 실행에 옮기지 못한 완벽한 학교였다. 결혼한 지 얼마 되지 않았을 때, 브런슨과 아바는 저먼타운에서 공동체의 행복을 생각하는 사람들의 도움으로 그런 비슷한 학교를 세우고 잠시나마 평온한 시간을 보냈다. 조가 말한 계획에서 바에르 교수는 "그만의 방식대로 아이들을 훈육하고 가르칠 수 있을 테고", 조는 "아이들의 식사를 챙기고 보살피고 돌봐주면서 혼낼 일 있으면 따끔하게 혼도 내주려고" 했다. 짧은 문장이 저먼타운의 찬란한 희망을 드러낸다. 헤인스와 올컷 부부는 함께 저먼타운의 학교도 세웠지만 플럼필드를 세우기도 한 것이다.

『작은 아씨들』2부는 1부만큼이나 많은 호평을 받았다. 나일스는 곧바로 다음 해에 다른 책을 출간하자고 루이자를 재촉했다. 『작은 아씨들』에 올컷 가족의 이야기가 빠짐없이 실린 듯하여 나일스는 불안하고 걱정스러웠을지도 모른다. 하지만 루이자는 마치 가족의 이야기를 더 쓸 필요가 없었고, 새로운 이야기인 『시골 아가씨 폴리An Old-Fashioned Girl』(1870)를 쓰기 시작했다.

폴리는 루이자를 바탕으로 만든 인물은 아니지만, 삶을 독립적으로 꾸려가기 시작하며 겪는 시련과 모험이 루이자의 삶과 많이 닮았다. 당시에 루이자는 자신의 고충이나 좌절에 대해 말을 아꼈다. 하지만 그런 힘든 시간이 어떤 영향을 줬는지는 루이자의 이야기 속에 드러난다.

『시골 아가씨 폴리』에서 어떤 사람이 큰 소리로 폴리가 축제 때 입는 하나뿐인 검정 실크 드레스를 두고 "늘 똑같은 드레스"라면서 폴리를 '작고 검은 새'에 비유하는 장면이 나온다. 실제로 관습적인 예절이나 복장을 그리 중요하게 생각하지 않은 루이자는 "사람들은 내가 가장 좋아하는 검정 실크 드레스를 너무 자주 입는다고 그런다. 그래서 나는 다른 드레스를 구하든지 콩코드에 있는 집으로 돌아가든지 해야겠다고 생각하고, 집으로 돌아가는 쪽을 선택했다"고 말하기도 했다. 『시골 아가씨 폴리』가 출간되었을 때 사람들은 책 속에 보스턴 사회의 세세한 모습들이 정확하게 묘사되어 있다고 평했다. 폴리가 사람들에게 자기 의견을 말하는 부분에서는 루이자의 생각이 아주 잘 드러나 있기도 하다.

처음 책이 출간되었을 때는 일곱 장밖에 되지 않는 아주 짧은 이야기였다. 하지만 전과 마찬가지로 후속작을 향한 요청이 많아지자, 루이자는 곧 나머지 이야기를 추가해서 지금 독자들이 읽고 있는 책으로 완성했다. 루이자는 보스턴에 있는 친척들과 친구들에게서 이야기 속 인물들을 찾았다. 그렇게 모든 등장인물에 현실성을 부여했다.

전쟁이 일어나기 전 루이자는 리지를 간호하며 시간을 보냈고 콩코드로 가는 기차를 놓친 일요일에는 한가하게 32킬로미터를 걸어서 저녁에는 파티를 참석하기도 할 정도로 기력이 넘쳤다. 하지만 간호병으로 근무를 마치고 돌아온 후에는 건강을 회복하지 못했다. 『작은 아씨들』 2부를 너무 열심히 쓴 나머지 루이자는 완전히 지쳤고, 예전의 활기를 되찾을 수 없을 것 같았다. 『시골 아가씨 폴리』를 쓰는 내내 아팠지만, 지친 기색 없이 가장 기분이 좋을 때처럼 유쾌한 이야기를 썼다.

오래전에 루이자가 마음속으로 다짐한 것들이 대부분 이루어졌다. 사원학교에서 시작된 빚을 갚았고, 가족에게 안정을 주었다. 사원학교가 있던 시절로 되돌아간 듯했다. 평범한 일상을 보내던 루이자는 전부터 마음에 품어온, 아주 불가능하게 느껴지던 거창한 목표를 실현하고 싶었다. 미술에 재능이 있는 메이를 해외로 보내서 교육을 받도록 하자는 계획이었다. 메이가 자신과 마찬가지로 오랫동안 해외로 떠나고 싶어 한다는 사실을 알았다. 루이자의 꿈은 서툴고 힘겹게 이루어졌지만, 메이의 소원은 부족함 없이 완벽하게 준비되고 이루어져야 했다.

루이자는 친구 앨리스 바틀릿에게 조언을 구하여 계획을 세웠다. 마침 해외로 떠날 예정이었던 앨리스는 루이자도 함께 간다면 메이를 손님으로 데려가겠다는 제안을 했다. 여행을 갈 생각이 없던 루이자에게는 생각할 시간이 필요했다. 하지만 루이자답게 고민은 길게 이어지지 않았고, 함께 떠나기로 했다.

첫 번째 여행에서 누리지 못한 즐거운 순간들이 이제 모두 루이자의 것이었으나 건강이 좋지 못했다. 너무 열심히 일해왔고, 몸이 완전히 회복되기는 어려웠다. 하지만 루이자에게는 행복한 순간을 놓치지 않는 특별한 재능이 있었기에 긴 시간 슬퍼하지 않았다. 이제 독일 궁전을 서둘러 지나치지 않았고, 오래 구경하고 싶던 그림 같은 프랑스 마을에 잠깐만 머물렀다가 떠나는 일도 없었다. 봄의 황금빛 온기를 받으며 화창하고 따뜻한 시골 마을에 오래도록 머물렀다. 마음이 잘 맞는 세 사람은 기쁘고 편안한 마음으로 함께 여행했다. 루이자는 가는 곳마다 라디슬라스의 모습을 찾았지만, 만날 수는 없었다. 좀 더 세월이 흘러 라디슬라스가 미국에 왔을 때야 루이자는 새로운 추억을 쌓게 되었다.

일행은 브레스트(Brest, 프랑스 서부 브르타뉴 지방의 항구 도시-옮긴이)에 도착해서 브르타뉴의 화창하고 맑은 4월 날씨를 만끽하고 여름에는 제네바로 떠났다. 이 시기 유럽은 프로이센 · 프랑스 전쟁(1870~1871, 프로이센을 포함한 독일 통일 국가를 세우려는 비스마르크와 통일을 막으려는 나폴레옹 3세의 충돌로 일어난 전쟁-옮긴이)으로 혼란에 빠져 있었고 루이자 일행이 스위스에 도착하고 얼마 지나지 않아 전쟁이 일어났다. 나폴레옹 3세는 삼촌인 보나파르트 황제의 권위를 따라잡으려고 힘쓰던 참이라 전쟁에서 승리하여 쓰러져 가는 황실에 새로운 숨을 불어넣으려고 했다. 국가의 통치권을 쥐고 있던 유제니 황후는 호화로운 겉모습을 잃지 않으려고 애썼고 프랑스를 무너뜨리려는 독일군의 포격에 주위가 혼란스러운 순간에도 여전히 황실에 대한 꿈을 놓지 않았다.

"가여운 늙은 신사여." 루이자는 찬란한 영광을 자랑하던 프랑스의 모습을 떠올리며 탄식했다. 스위스는 피난민들로 가득해서 미국에서 온 세 사람은 엄청난 변화 속에서 낭만과 흥분을 느꼈지만, 여행에 큰 영향을 미치지는 못했다.

세 사람은 가을에 이탈리아로 떠났다.

"녹색 문과 붉은 카펫, 파란 벽, 노란 침대 덮개까지 모두 화사했고, 무지개에서 잠을 자는 느낌이었다." 루이자는 이탈리아의 숙소를 글로 남겼다.

여행 내내 평화로운 행복으로 물든 무지개 속에 있는 기분이었다. 루이자는 뼈에 통증을 느끼고 종종 지치기도 했지만, 큰 문제가 아니었다. 좋은 친구와 주변의 멋진 풍경들은 고통을 이겨낼 만큼 아름다웠다. 브르타뉴에서는 집으로 이런 편지를 썼다.

"여기서 얼마나 깊은 잠을 자는지 감사할 따름이에요."

잠들지 못하던 지난날들을 반영하는 애처로운 말이었다. 루이자는 편지에 앨리스가 기분 좋게 골동품을 구입하고, 메이는 활력 넘치는 모습으로 그림을 그렸으며, 자신은 "그들 뒤에서 늑장을 부렸다"고 적었다. 늑장 부리며 빈둥거릴 수 있는 시간이 있어서 다행이라고 느꼈다.

로마에서 머무는 동안, 애나의 남편 존이 세상을 떠났다는 소식이 전해졌다. 존은 애나에게 얼마 되지 않는 재산과 아들 둘을 남기고 떠났다. 루이자는 애나의 슬픔을 떠올리며 괴로워했지만, 곧 루이자답게 앞으로 나아갈 준비를 했다. 긴 여행 동안 쓰지 않으려고 한 펜을 집어 들고, '존의 죽음으로 애나와 소중한 조카들이 가난해지지 않도록' 다시 글을 쓰기 시작했다.

그렇게 해서 루이자는 『작은 신사들』(1871)을 쓰기 시작했고, 플럼필드 학교와 마치 가족의 연대기를 이어갔다. 콩코드에서 자신을 필요로 할 것이라고 느낀 루이자는 더는 휴가를 즐기지 못했다. 메이는 남아서 더 공부하기로 했고, 루이자는 집으로 돌아왔다.

브런슨과 나일스는 부두에서 루이자를 만나 책에 대한 소식을 전해주었다. 로마에서 나일스에게 보낸 『작은 신사들』 원고는 루이자가 집에 도착한 날에 출간되었다. 책은 출간되기 전부터 엄청난 양의 주문이 들어왔고, 다양한 언어로 번역이 되며 어린 독자들을 위한 이야기로서는 이미 전례 없는 영광을 누리고 있었다.

루이자가 집을 떠나 있는 사이에 아바가 나이 들고 약해졌음을 알 수 있었다. 아바의 강인한 정신력 또한 점점 쇠약해졌는데, 오랜만에 어머니를 본 루이자만 그 변화를 느꼈으며 다시는 어머니에게서 멀리 떨어지지 않기로 다짐했다.

몇 달이 지나 메이가 집에 도착했을 때, 루이자는 안도의 한숨을 쉬며 집안일을 넘겼다. 유명세 때문에 글을 쓰기 어려웠고, 본래 삶을 살아갈 여유도 없었다. 집으로 찾아오는 사람들과 편지들, 그리고 사인 요청이 끊이지 않았다. 대학교를 비롯한 많은 학교에서 루이자가 강연을 해주길 바랐고, 교육에 관심이 많은 루이자는 가능할 때면 언제든지 초청에 응했다. 어떤 사람들은 친절했고, 루이자도 그들을 좋아했다. 루이자에게 궁금한 게 많은 사람도 있었고, 그저 사생활을 엿보려는 사람들도 많았다. 루이자를 보러 온 사람들은 작가가 사생활을 보호받고 싶어 하리라는 걸 모르는 듯했고, 더 많은 책을 쓸 계획을 떠벌려서는 안 될 거라는 생각도 하지 않는 모양이었다. 루이자가 끊임없이 받는 질문이 있었다.

"지금 쓰는 책이 있나요?"

루이자는 가끔은 매몰차게 대답하고 싶었다.

"제가 지금 그럴 수 있을까요?"

그래도 큰 사건 없이 조용히 시간은 흘렀다. 『작은 신사들』은 『작은 아씨들』만큼이나 대단한 성공을 거두었다. 기대가 더 높아지자, 루이자는 다시 소설 『성공』을 꺼내서 『노동 Work』(1873)으로 제목을 바꾸고 출간 준비를 마쳤다. 2년 뒤에는 『로즈의 계절Eight Cousins』(1875)이 출간되고, 그로 부터 1년 뒤에는 후속작인 『귀여운 로즈의 작은 사랑Rose in Bloom』(1876)이 세상에 나왔다. 『노동』은 『우울』처럼 큰 반응을 일으켰지만, 그 열기는 오래가지 못했다. 하지만 어린 독자들을 위한 두 작품은 널리 사랑을 받았다. 『로즈의 계절』 과 그 후속작에는 모두가 서로를 아끼며, '가혹한 현시대' 속에서 자라는 어린아이들을 걱정하는 메이 가문 사람들의 모습을 담았다. 루이자의 마법과도 같은 매력 중 하나는 정말로 아이들의 눈높이에서 세상을 바라본다는 것이다. 어린 시절에 느끼는 기쁨과 슬픔을 아이들의 시선에서 잘 표현해내서 어린 독자들은 작가가 자기편에 있다고 생각하게 된다.

루이자는 더 많은 시간을 콩코드에서 보내며 어머니 곁에서 생활했다. 가끔 그늘진 거리를 걷다가 오랜 친구를 만나곤 했는데, 그들은 언제든 웃음을 터뜨리며 서로에게 인사를 했다. 얼굴이 그을은 농부이자 참전 용사인 사이와 키 크고 멋진 유명 작가 루이자에게 위험한 놀이를 즐기던 시절은 소중한 기억으로 남았다. 때때로 잠시 보스턴으로 떠나거나 몇 달 동안 뉴욕에 머물기도 했다. 보스턴에서는 가끔이지만 여전히 연기를 했고, 아마추어 연극을 통해 오래전부터 간직해온 꿈을 펼쳤다. 오래된 남부 교회를 지키려는 모금 행사가 열렸는데, 루이자는 「잘리 부인의 밀랍 인형」이라는 특별한 공연을 열어서 잘리 부인 역할을 맡았다. 일주일 동안 매일 반복된 공연으로 지친 루이자는 결국 목이 쉬어서 거의 목소리가 나오지 않았다. 그런 상황에서도 모든 장면에 최선을 다했고, 공연은 대단한 성공을 거두었다.

루이자는 틈틈이 자기 이야기를 들려주러 학교에 갔다. 수북하게 쌓인 초청에 모두 응할 수는 없었지만, 필라델피아로 간 루이자는 오랜 시간 자리를 지켜온, 헤인스가 설립한 저먼타운 아카데미에서 강연을 했다. 스쿨 하우스 길을 지날 때, 남자아이들이 환호를 보냈다. 어린 시절을 보낸 윅 마을도 다시 둘러보았는데, 루이자가 태어난 집은 너무 낡아서 곧 철거될 예정이었다. 초대된 집에서 어린 독자들을 대표해서 온, 브런슨이 가르친 제자들의 손주들에게 질문을 받았다. 특히 여자아이들은 부담스러울 정도로 많은 질문을 했는데, 베스가 정말로 성홍열을 앓았는지, 왜 로리가 조와 결혼하지 않았는지, 로런스 할아버지는 어떤 사람인지를 물었다. 루이자는 모든 질문에 답해주며 아이들의 사인첩에 사인을 해주고, 원하는 아이들에게는 입을 맞춰주었다. 아이들과 함께한 첫 번째 질문 세례가 끝난 후에는 너무 지쳐서, 곧 이어진 두 번째 질문 시간에는 말을 하기 힘들 지경이었다. 두 번째 시간에는 남자아이들을 위한 시간이 이어졌다. 다양한 질문에 대답할 준비를 마친 루이자는 무척 수줍어하며 긴장한 채로 앉아 있는 어린 남자아이 단 두 명과 마주했다. 대화가 편하게 시작되지는 않았는데, 드디어 소년들이 용기를 내어 궁금해하던 부분에 대해 질문을 했다.

"베개 싸움은 진짜로 하셨나요?"

"그럼요, 깨끗한 덮개를 씌우는 일요일 전날 밤이면 늘 베개 싸움을 했어요." 루이자는 소년들에게 확실하게 알려주었다.

소년들이 하려던 질문은 그것뿐이었고, 아주 만족스러워하며 돌아갔다.

이 기간 동안 루이자는 메이를 또 유럽에 보냈는데, 메이가 집으로 돌아오면 메이의 도움을 받게 되어 한시름 덜 수 있었다. 고령이 된 아바는 보살핌이 필요할 정도로 몸이 약했다. 아바는 평온하고 행복해 보였지만, 그 상태가 언제까지 이어질지는 알 수 없어서 걱정스러웠다. 1876년 9월, 루이자는 메이에게 휴식이 필요하다고 생각하고 세 번째 해외여행을 보내주었다. 메이는 그토록 바라던 예술가의 삶을 사는 것이 무척 행복했다. 메이가 그런 삶을 살 수 있도록 도와주는 게 루이자의 기쁨이었지만, 루이자는 함께 갈 수 없었다. 두 자매 모두 집을 비울 수는 없었기 때문이었다.

메이는 루이자가 처음 여행길에 올랐던 날과 같은, 바람이 부는 9월에 출발했다. 루이자와 메이는 함께 부두로 향했는데, 서로를 무척 사랑하는 가족에게 이별은 힘든 일이었고, 늘 고통과 걱정이 뒤따랐다. 헤어질 수밖에 없는 소중한 계획이 있다고 해도 이별은 쉽지 않았다. 루이자가 사는 내내 자주 하던 짧은 기도가 있다.

"우리 모두를 도와주시고 지켜주시옵소서."

루이자가 교사로 돈을 벌려고 월폴에서 보스턴으로 떠나던 날에 한 기도였다. 모든 체력과 열정을 쏟아 국가를 위한 봉사를 하러 워싱턴으로 떠나던 날에도 같은 기도를 했다. 부두에서 배가 멀어지고 움직이기 시작하자, 루이자는 지난날과 같은 기도를 했다. 난간에 기대어 손을 흔들며 인사하는 메이의 파란 망토가 바람에 흩날렸다. 바람에 휘청이는 루이자도 밤색 머리카락을 휘날리며 메이에게 밝고 힘차게 손을 흔들었다. 루이자의 표정은 사랑하는 여동생을 향한 눈부신 희망으로 밝게 빛났다.

그 순간 루이자가 인생에서 이루고 싶었던 소망은 모두 이루었다. 사랑하는 사람들이 모두 안정을 찾고 가정에 평화와 행복이 깃들었으며, 마지막으로 메이에게 주고 싶던 선물을 주었다. 루이자가 꿈꿔온 것은 그것이 전부였지만, 더 많은 것을 얻었다. 따뜻한 마음을 지닌 루이자는 본 적도, 이름을 들은 적도 없는 수많은 사람이 자기를 좋아한다는 사실을 알았다.

살아 있는 동안 명성을 얻을 수는 있지만, 백 년이 넘도록 명성과 사랑이 이어지는 경우는 아주 드물다. 밝은 기운과 희망을 가득 담은 루이자의 인사는 한 세기를 지나 우리에게 보낸 인사이기도 했다.

행복한 결말

브런슨이 강연을 하러 떠날 때마다 오처드 하우스 사람들은 야단이었다. 메이는 넥타이를 매어주고 머리를 빗겨주었다. 아바가 마지막으로 브런슨이 스스로 챙겨야 할 부분들을 다시 한번 확인하면, 루이자는 가방을 살펴보며 빠진 건 없는지 챙겨주었다. 새 옷들과 아주 많은 양말, 따뜻한 플란넬 바지, 브런슨과 어울리는 새로운 코트도 장만했다. 풍족하게 지낸 몇 년 동안, 루이자는 드디어 가족들이 필요한 모든 걸 갖게 되었다는 사실에 놀라곤 했다. "가난한 것처럼 부족하게, 천국처럼 평화롭게 살자"고 종종 말하고는 했는데, 올컷 가족의 모습을 잘 표현한 구절이었다. 여전히 집 안에서 즐거움과 사랑이 느껴졌는데, 보이지 않는 부분까지 방해받지 않을 행복으로 꽉 찬 새로운 느낌이 더해졌다. 집안 어른들이 늙더라도 가난과 불안을 다시 겪는 일은 없을 터였다.

메이가 떠나고 아바의 건강이 안 좋아지면서 브런슨의 여행 준비는 루이자 혼자의 몫이었다. 브런슨의 강연은 매년 점점 더 좋은 성과를 거두었다. 자신이 아주 높은 평가를 받는 건 루이자의 명성 덕분이라며, "루이자의 마차를 얻어 탔다"고 하기도 했는데 꼭 그렇지만은 않았다. 비록 첫 번째 여행에서는 1달러밖에 벌지 못했지만 쉽게 포기하지 않고 끈기 있게 새로운 가능성과 기회를 열었다. 가족들은 자랑스러움과 확신을 가지고 브런슨이 나아가는 길을 응원했다.

아바는 점점 루이자조차 줄 수 없는 평화와 안식을 향해 멀어져 갔다. 정신이 희미해지는 몇 주에서 몇 달 동안 고통에서 벗어나 자유롭고 행복했다. 브런슨은 집으로 돌아왔고, 루이자의 품에서 아바는 마침내 세상을 떠났다. 오랫동안 가정을 지켜온 강인한 정신력이 사라졌다는 사실을 받아들여야만 했다.

그 후에 이어진 상실감과 외로움, 감당하기 힘든 슬픔을 견뎌 나가던 시간 동안 메이가 곁에 없어 괴로웠다. 루이자가 어머니에게 보낸 가장 큰 헌사는 아마도 『작은 아씨들』에서 실화를 바탕으로 한 부분과 그렇지 않은 부분에 대해 알려준 일인지도 모른다.

"마치 부인의 모습은 사실 그대로였어요. 다만 좋은 점을 반도 못 담아냈지만요."

브런슨이 다음 여행을 준비할 때, 메이와 아바 없이 루이자와 애나는 함께 슬픔을 이겨내려 했다.

아바가 세상을 떠난 후, 남은 가족들은 오처드 하우스에서 살지 않았다. 루이자는 위층 방에서 힘겹게 병마와 싸우던 기억을 잊을 수가 없었고, 엘리자베스가 이 집에서 즐거운 시간을 보내지 못했다는 억울함이 늘 마음속에 남아 있어서 그 집을 좋아한 적이 없었다. 한동안 애나와 두 조카를 위해 마을 근처의 집을 사주고 싶어 했던 루이자는 마침내 번화가에 있는 헨리 소로 소유의 집을 샀다. 아바가 세상을 떠나기 직전에 가족은 작지만 안락한 그 집으로 이사했다. 교양 있던 콩코드의 이웃들처럼 하얗고 반듯하며 깨끗한 집에서 애나의 아이들과 손자, 손녀들까지 대를 이어 살았다.

아바가 읽은 루이자의 마지막 작품은 가장 독특한 장르의 책이었다. 루이자는 특이한 사건을 좋아하는 취향과 환상 소설 같은 이야기를 쓰고 싶은 마음을 저버리지 않았다. 로버츠 브라더스사에서 '이름 없는 시리즈No Name Series'(1876~1887)라는 제목으로 소설들이 연달아 나왔다. 모두 유명한 작가들이 쓴 작품이었지만, 신비로움을 더하고 독자들이 작은 수수께끼에 설렐 수 있도록 작가의 이름을 밝히지 않고 출간되었다. 책을 써달라는 제안을 받은 루이자는 기쁜 마음으로 『현대의 메피스토펠레스A Modern

Mephistopheles』(1877) 집필에 열중했다.

괴테를 동경해온 루이자는「파우스트」(1790~1831)에 드러나는 뛰어난 이야기 방식을 좋아했다. 파우스트의 전설과 자신이 살아가는 시대 사이에서 비슷한 부분을 떠올리며 곧 놀랍고 신기한 이야기를 풀어냈다. 사람들은 이렇게 감성적이고 비극적인 소설을 쓴 사람이『작은 아씨들』의 작가라는 걸 쉽게 예상하지 못했고, 누가 쓴 소설일지 궁금해했다. 물론 곧 비밀이 밝혀지고, 결국 루이자의 이름으로 다시 출간되었다. 아바는 루이자만큼이나 책에서 소소한 흥분을 느끼며 재미있게 읽었다. 소설 작업을 끝낸 루이자는 아이들을 위한 책『라일락꽃 피는 집Under the Lilacs』(1878)을 쓰기 시작했지만, 아바는 이 책을 보지 못하고 생을 마쳤다.

메이는 아바가 세상을 떠났을 때 집에 오지 못했지만, 대신 자신에게 일어난 엄청나고 행복한 소식을 전했다. 메이는 이전에 런던에서 만난 스위스 출신 어니스트 니어리커와 결혼식을 올렸다. 마음이 맞는 두 사람은 잘 어울렸고, 다음 해에 메이가 보낸 발랄한 편지들로 루이자는 큰 위안을 받았다. 건강은 점점 악화 되었고, 가족을 위해 글을 쓰던 루이자는 1년 동안 슬프고 외로운 시간을 보냈다. 메이가 자신이 있는 곳으로 오라고 권할 때, 동생을 보러 가고 싶은 마음이 간절했지만 여행을 할 만큼 건강하지 못했다.

오처드 하우스를 떠나기 직전, 브런슨은 오랜 시간 계획했던 철학 학교를 마침내 세우게 됐고 가족은 모두 한마음으로 기뻐했다. 여름 학기가 시작되자, 브런슨과 에머슨을 포함하여 다른 동료들까지 모두 콩코드의 훌륭한 인물들이 모여서 학생들에게 지식을 전해주었다. 그 여름 가장 중요한 행사는 '에머슨의 날'이었다. 많은 사람에게 좋은 영향을 끼치고, 선행을 베풀며, 도움이 간절한 사람들에게 흔들리지 않는 믿음으로 친구가 되어준 에머슨에게 직접 감사의 선물을 전하는 날이었다. 그가 친구를 위해 한 선행 중 가장 힘을 기울였던 일은 정성을 다해 올컷 가족을 돕는 것이었다.

메이가 결혼하고 1년이 지나서 새로운 소식이 도착했다. 루이자는 자신과 이름이 같은 존재를 기다렸는데, 더는 기다릴 필요가 없었다. 또 한 명의 루이자, 루이자 메이 니어리커가 태어났다. 메이는 행복에 젖어 언니를 만나는 일 말고는 더 바라는 게 없었다.

"메이가 너무 보고 싶어." 루이자가 뱉은 말은 메아리처럼 울려서 마음에 닿았다. 같은 말을 한 번 더 했을 때, 사랑하는 동생을 걱정하는 마음으로 괴로웠다.

한 달 정도 시간이 흘러 에머슨이 루이자를 찾아왔다. 아래층으로 내려가자 보이는 에머슨의 창백한 얼굴에서 그가 왜 집으로 찾아왔는지 짐작할 수 있었다. 그는 어니스트가 전하는 소식이 담긴 불길한 느낌의 종이를 들고 있었다.

"얘야, 마음의 준비를 단단히 하길 바란다. 그렇지 만…… 오, 이런……." 에머슨은 말을 잇지 못하고, 루이자에 게 전보를 건네주었다.

"저는 준비됐어요." 루이자는 힘주어 대답하고, 내용을 읽었다. 단단한 정신력이 지켜줄 거라고 생각했지만, 견딜 수 없을 만큼 마음이 아팠다. 생기 넘치는 모습으로 주변 사 람들의 삶을 밝혀주던 사랑스러운 메이가 세상을 떠났다는 사실을 믿을 수 없었다.

모든 게 안정되고, 흘러가는 세월을 지켜보는 일만 남았 다고 생각했을 때, 모든 걸 뒤바꾸는 변화가 일어난 것이다. 아바는 루이자에게 브런슨을 부탁했고, 이미 자신에게 남겨 질 과제를 예상했던 루이자는 진심을 다해 어머니 뜻을 따 랐다. 메이도 루이자에게 자신이 세상을 떠나면 자기 아이를 대신 키워달라는 부탁을 해두었다. 루이자는 어린 루이자 니 어리커를 키우게 되었고, 그 이후 집 안의 모든 일은 아이를 중심으로 흘러갔다.

루이자가 메이의 어린 딸을 데리러 스위스에 갈 수 없 었기에, 믿을 수 있는 친구가 대신해서 아기를 데리러 갔다. 몇 달 후에 메이의 올케 소피 니어리커와 함께 아기가 왔을 때, 루이자는 메이를 떠나보낸 부두에서 그들을 기다리고 있었다. 선장이 노란 머리카락을 가진, 어린 시절의 메이와 똑 닮은 아기를 안고 내려왔다. 아기의 얼굴에서 보이는 메이의 모습이 루이자를 위로해주었다. 밤이 되었을 때, 루이자는 조카가 있는 방에 몇 번이고 다시 가서 침대에 정말로 아기가 있는지 확인했다. 루이자는 여전히 메이가 세상을 떠났고, 아기 루루(Lulu, 루이자 메이 니어리커의 애칭–옮긴이)가 방에 있다는 사실이 믿기 힘들었다.

루이자와 마찬가지로 폭풍 같은 성격에 변덕이 심한 루루는 다루기 쉬운 아이가 아니어서 루이자를 바쁘게 했고, 그 덕에 오히려 위안을 얻었다. 건강이 좋지는 않았지만 온전히 자기가 조카를 보살피고 싶던 루이자는 루루를 위해 살림을 꾸리고 여름 별장을 마련했으며, 나중에는 루이스버그 광장에 있는 집도 샀다. 짧은 노래를 만들어 불러주기도 하고 이야기를 써서 들려주기도 했다.

루루가 콩코드에 온 지 2년째 되던 해에 콩코드는 역사에 남을 만한 인물을 잃고 슬픔에 잠겼다. 1882년 4월, 유능한 지도자이자 지혜로운 친구 에머슨이 세상을 떠났는데, 그의 죽음을 몹시 슬퍼하던 한 사람은 에머슨이 없는 콩코드를 떠올릴 수 없을 거라고 생각했다. 노력하는 인재들에게는 힘이 되어주었고, 올컷 가족에게도 많은 도움을 주었다. 루이자는 에머슨의 모습을 이렇게 기억했다.

"돈이 필요한 아버지에게 누구도 도움의 손길을 건네지 않았을 때, 에머슨은 탁자 위에 있는 책 아래나 촛대 뒤에 선물을 남겨두는 사려 깊은 사람이었어요."

올컷 가족에게 도움이 필요한 시기는 지나갔지만, 에머슨의 영향으로 콩코드에 살았던 터라 그의 따뜻한 모습은 루이자의 기억 속에 살아 있었다. 다양한 책을 읽게 해주고 삶과 인간에 관한 지식을 알려준 것도 에머슨이었다. 고민이 있을 때면 언제든 기댈 수 있는 조언자였으며, 재능이 많은 올컷 가족의 진가를 인정하고 이해해주었다. 루이자는 누구보다도 에머슨을 오랫동안 기억했고 고마워했다.

브런슨은 에머슨이 세상을 떠난 후에 그가 없는 삶을 오래 견디지 못했다. 그해 가을에 뇌졸중을 겪었고 목숨은 연명했지만, 몹시 허약해져서 도움 없이는 생활할 수 없었으며 다시 원래의 건강을 되찾지 못했다. 그래도 브런슨은 행복했고, 겉으로 보기에는 차분한 마음으로 내면에 평화를 찾은 듯했다.

루이자와 애나는 헌신적으로 아버지를 보살폈다. 건강이 나빠진 후에도 여전히 보스턴을 좋아하던 루이자는 에머슨이 죽고 난 후로는 콩코드에서 오래 머무르지 않았다. 보스턴에서 친구들을 만나고 관심 있는 행사에도 참여하며 생활했다. 여성이 투표권을 행사하려면 아주 오랜 시간이 걸릴 거라고 여기던 시기였지만, 루이자는 열렬한 여성 인권 지지자였다. 오래전부터 이어져 온 연기에 대한 관심도 사라지지 않아서, 가능하면 언제든지 극장에 갔다.

이때도 루이자는 꾸준히 글을 쓰고 있었다. 어머니가 아프던 시절 쓴 작품 『라일락꽃 피는 집』은 『현대의 메피스토펠레스』가 출간되고 1년이 지나서 세상에 나왔다. 루이자는 쓰고 싶은 소설이 많았고, 언제나 새로운 계획을 세울 생각에 즐거웠다. 하지만 이후에는 성인 독자들을 위한 글을 쓰지는 않았다. 루이자는 극심한 슬픔으로 고통스러운 상황에서도 『라일락꽃 피는 집』을 썼지만, 늘 그랬듯이 유쾌하고 밝은 이야기를 완성했다.

메이가 세상을 떠났을 때 루이자는 열심히 『전원 세레나데Jack and Jill』(1880)의 결말 부분을 쓰던 참이었는데, 그 이야기에도 루이자의 외로움이 전혀 드러나지는 않는다. 콩코드를 배경으로 한 이야기는 그곳에 사는 아이들의 이야기지만, 루이자가 가장이 된 첫해에 가르친 어리고 몸이 불편한 소녀에 관한 이야기기도 하다. 그 책은 루루를 데리고 온 해에 출간되었고, 그 후로 루이자의 작품들은 단편이 주를 이루었다. 다양한 단편집이 출간되었지만, 말년에는 『조의 아이들』(1886) 집필에 열중했다.

『조의 아이들』은 루이자가 한 모든 일과 경험에서 나온 생각들이 가득한 이야기다. 여름이 되면 루이자는 넌큇에 있는 별장에서 열심히 글을 썼다. 애나와 아이들, 루루와 루루의 유모, 그리고 브런슨까지 모두 여름에는 그곳으로 갔다. 탑이 뾰족하게 솟은 데다 기이한 구조물들이 딸린, 엉성하고 작은 목조 주택이었다. 루이자는 그 집에서 아주 좋은 점을 발견했다. '주방의 골칫거리가 없는' 것을 장점이라고 여긴 루이자는 더는 가족들을 위해 조리용 난로와 설거지통 앞에서 땀 흘리며 고생을 할 필요가 없다는 생각에 만족스러워했다. 루이자는 아이들을 위해 놀이를 만들고, 루루와 함께 놀려고 온 아이들이 연기할 수 있는 희곡을 썼다. 그러다 보니 『조의 아이들』이야기는 자꾸 미뤄졌다.

　루이자는 가족이 함께 살 수 있도록 루이스버그 광장에 자리 잡은 쾌적하고 밝은 집을 샀다. 루루가 놀이방을 무척 좋아하고, 아버지가 쾌적한 방을 마음에 들어 하는 모습을 보며 뿌듯해했다. 하지만 자신을 위한 서재나 편안하게 글을 쓸 수 있는 공간에 대해서는 신경 쓰지 않았고, 나일스가 걱정하며 원고를 재촉하는 와중에도 『조의 아이들』은 진전이 없었다. 루이자는 결국 가족들의 곁을 떠나서 어린 존과 벨뷰에 있는 호텔에서 잠시 지냈다. 애나의 두 아들은 어느덧 자라서 로버츠 브라더스에서 근무하던 참이었다. 나중에 루이자는 둘째 존을 입양해서 그의 성을 올컷으로 바꾸고, 저

작권을 직접 물려받을 법적인 상속자로 지명했다. 존은 루이자와 아주 친했고, 다른 사람들보다 더 많은 시간을 함께 보냈다.

루이자는 여름에 매사추세츠 프린스턴 근처에 있는 마운틴 하우스로 떠났다. 호텔에 가까운, 도로 건너편에 있는 작은 집은 유명인들을 쫓아다니는 사람들에게서 벗어나 조용하고 자유롭게 지낼 수 있는 공간이었다. 루이자는 점점 쇠약해졌지만 여전히 위엄이 있었으며, 친구들을 향한 넘치는 애정과 기운을 잃지 않았다. 늘 그렇듯 자신만의 길을 만들어 가는 여자아이들에게 관심이 많았다. 호텔에서 일하는 여자아이들을 방으로 불러 모아서 아이들의 꿈과 고민에 대해 이야기를 나누곤 했다. 때때로 가장으로서 어려움이 많은 소녀를 주제로 단편 작품을 쓰기도 했는데, 그 이야기들이 모여서 단편집 『여자아이를 위한 화환A Garland for Girls』(1888)으로 탄생했다. 수록된 단편 작품 중 「양귀비와 밀Poppies and Wheat」에서는 루이자가 처음으로 유럽 여행을 떠났을 때의 경험을 엿볼 수 있다. 호텔에서 만난 인형 놀이에 깊이 빠져 있던 서부 출신 여자아이 둘도 언급되는데, 루이자는 두 소녀를 드디어 완성되고 있는 『조의 아이들』에 등장시켰다.

『조의 아이들』은 『작은 신사들』의 후속작으로, 플럼필드와 그곳에서 지낸 소년들의 미래, 그리고 마치 가족의 이야기가 담겨 있다. 글을 쓰지 않는 기간도 있었고 글을 쓰는 중에 쉬기도 한 탓에, 루이자는 서문에서 이 작품이 바라던 만큼 좋은 작품이 되지 못할 거라는 사과의 말을 전했다. 그 말을 통해 책의 참된 가치에 만족하기보다는 부족한 부분을 찾으려 하는 루이자의 겸손함을 볼 수 있다. 책의 마지막에 루이자는 단호하게 말했다.

"마치 가족 이야기의 막을 영원히 내리기로 하자."

마운틴 하우스는 루이자의 오랜 친구와도 같은 와추세트 산비탈에 서 있었다. 창문을 통해 아래를 내려다보면, 세월이 흘러도 잊지 못하던 계곡의 모습과 스틸강과 바위로 뒤덮인 언덕이 보였다. 거기에는 프루틀랜즈도 있었다. 부모님 마음이 산산이 조각날 정도로 힘겨웠던 시절을 보낸 곳에서 루이자는 처음으로 책임감을 느끼기도 했다. 세월이 흘러 다시 만난 프루틀랜즈를 보며 루이자는 어떤 생각을 했을까? 6월에 피는 칼미아로 계곡 전체가 분홍빛이었다. 전쟁 같았던 생활은 일어나지 않은 듯, 평화롭고 고요한 풍경이었다.

이야기를 끝맺은 루이자는 펜을 놓고 앉아서 오랫동안 창밖을 바라보았다. 이 작품이 끝나면 더는 글을 쓰지 못하리란 사실을 알고 있었다.

루이자는 노년까지 살지 못했다. 병세가 심각해지고 2년 후인 1888년 3월 6일 세상을 떠났다. 다시 찾은 와추세트산에서는 글을 쓰지 않고, 조용히 창가에 앉아 프루틀랜즈를 내려다보며 마지막 여름을 보냈다. 세상을 떠나기 전, 루이자는 기나긴 삶이 한계에 도달했다는 듯이 어느덧 죽음을 향해 가고 있는 아버지 곁을 지켰지만, 몸이 좋지 않아서 오래 있지는 못했다. 그리고 집으로 돌아오는 길에 죽음에 이를 정도로 심한 감기에 걸리고 말았다. 루이자는 숨을 거두면서 자기 죽음 직전에 아버지가 세상을 떠났다는 사실을 알지 못했다. 다만 필요한 마지막 순간까지 아버지를 보살폈다는 것과 가족 모두를 보호하고 지켜주었다는 사실만을 알았다. 루이자가 삶에서 이루고 싶었던 꿈은 가족을 보살피는 것이었으니, 진정으로 행복한 결말이었다.

Invincible Louisa

연표

1799년 11월 29일 코네티컷 월코트에서 아버지 에이모스 브런슨 올컷 출생.

1800년 10월 8일 매사추세츠 보스턴에서 어머니 애비게일(아바) 메이 출생.

1830년 5월 23일 보스턴 킹스 채플에서 브런슨 올컷과 아바 메이 결혼. 12월 펜실베이니아 저먼타운으로 거처를 옮김.

1831년 5월 16일 저먼타운 솔밭 저택에서 애나 올컷 출생. 10월 브런슨 과 아바의 후원자 루빈 헤인스 세상을 떠남.

1832년 11월 29일 루이자 메이 올컷 출생.

1833년 3월 올컷 가족 필라델피아로 거처를 옮김.

1834년 올컷 가족 보스턴으로 거처를 옮김. 9월 사원학교 개교.

1835년 6월 24일 보스턴 프런트 거리 26번가에서 엘리자베스 슈얼 올컷 출생.

1837년 보스턴 오두막Cottage Place. 브런슨 올컷이 쓴 『복음서에 관한 대화Conversation on the Gospel』 출간.

1839년 사원학교 폐교.

1840년 7월 26일 콩코드 호스머 오두막에서 아바 메이 올컷 출생.

1842년 5월에서 10월까지 브런슨 올컷이 영국으로 떠남.

1843년 6월에서 12월까지 프루틀랜즈 운영.

1844년 메사추세츠 스틸강. 봄에 올컷 가족이 콩코드로 돌아감.

1845년 콩코드 힐사이드. 1845년부터 1846년 겨울에 애나와 루이자가 존 호스머의 학교에 다님. 루이자가 연극 대본을 쓰기 시작.

1848년 루이자가 헛간에서 학교를 열었음. 엘런 에머슨을 위해 이야기를 쓰고 나중에 '꽃의 우화'라는 제목으로 출간. 올컷 가족, 보스턴으로 거처를 옮김.

1849년 보스턴. 여름에는 앳킨슨 거리 근처에서, 겨울에는 데드햄 거리 근처에서 지냄.

1851년 보스턴 하이 거리에 루이자가 '봉사를 하러 감'.

1852년 루이자의 첫 번째 이야기가 인쇄되어 나옴.

1853년 보스턴 핀크니 거리. 루이자와 애나가 집 거실에서 아이들을 가르침.

1855년 여름에 루이자가 뉴햄프셔 월폴로 갔고, 가을에 올컷 가족이 모두 그곳으로 거처를 옮김. 『꽃의 우화』 출간. 루이자 혼자서 보스턴으로 떠남.

1856년 6월 엘리자베스와 메이가 성홍열을 앓았음. 11월 루이자가 월폴에서 여름을 보내고 보스턴으로 돌아옴.

1857년 루이자가 리드 부인 집에 머묾. 10월 콩코드로 거처를 옮긴 올컷 가족이 시청 근처에 집을 얻음. 오처드 하우스 구입.

1858년 3월 엘리자베스가 세상을 떠남. 올컷 가족은 힐사이드에 잠시 지냄. 애나가 존 브릿지 프랫과 약혼. 7월 올컷 가족이 오처드 하우스로 이사. 10월 루이자는 보스턴으로 떠남.

1859년 글을 쓰고, 재봉 일을 하고, 교사로 근무하며 경제 활동.

1860년 5월 23일 애나 결혼.

1860년 8월 콩코드에서 『우울』을 쓰기 시작. 시어도어 파커가 세상을 떠남.

1861년 여름에 콩코드에서 『우울』과 『성공』을 집필. 남북 전쟁 발발.

1862년 유치원에서 아이들을 가르침. 11월 간호병으로 지원, 12월 조지 타운 병원으로 배정.

1863년 1월 워싱턴에서 병으로 귀향. 3월 애나의 아들 프레더릭 올컷 프랫 출생. 《커먼웰스》에 '병원 스케치' 연재. 8월 레드패스의 도움으로 『병원 스케치』 책으로 출간.

1864년 『우울』 출간.

1865년 7월 19일 보스턴 콩코드에서 바다를 건너 유럽으로 떠남. 11월 브베에서 라디슬라스 비스니에프스키 만남. 애나의 둘째 아들 존 슈얼 프랫 출생.

1866년 니스, 파리, 런던 여행. 7월 콩코드로 돌아옴.

1867년 보스턴 헤이월드 플레이스 6번가. 토머스 나일스가 루이자에게 '여자아이들을 위한 책'을 써달라고 부탁.

1868년 토머스 나일스가 루이자에게 다시 한번 '여자아이들을 위한 책'을 써달라고 부탁. 5월 콩코드에서 『작은 아씨들』을 쓰기 시작, 6월에 열두 챕터를, 7월에 전체 이야기를 끝냄. 10월 『작은 아씨들』 출간. 11월 1일 후속작 쓰기 시작.

1869년 보스턴 촌시 거리. 『작은 아씨들』 2부를 새해 첫날 로버츠 브라더스로 보냄. 5월 책으로 출간.

1870년 3월 『시골 아가씨 폴리』 출간. 4월 2일 루이자 브레스트로 떠남.

1871년 이탈리아, 로마 여행. 존 프랫이 세상을 떠남. 『작은 신사들』 집필. 6월 집으로 돌아옴. 『작은 신사들』 출간.

1872년 보스턴 올스턴 거리. 『숄 끈Shawl-straps』 출간.

1873년 『성공』의 제목을 바꾸어 『노동』으로 출간.

1874년 '남부 끝 지역, 공원 근처'에서 애나와 아이들, 아바, 루이자가 함께 지냄. 12월 『로즈의 계절』 집필 끝냄.

1875년 보스턴 벨뷰 호텔. 『로즈의 계절』 출간. 11월부터 12월까지 뉴욕 베스 호텔에서 지냄.

1876년 9월 9일 메이가 유럽으로 떠남. 여름에 콩코드에서 『귀여운 로즈의 작은 사랑』집필, 11월 출간. 애나와 아이들을 위해 소로의 집 구입.

1877년 보스턴 벨뷰 호텔. 4월『현대의 메피스토펠레스』출간.『라일락 꽃 피는 집』쓰기 시작. 11월 25일 아바가 세상을 떠남.

1878년 3월 22일 메이가 런던에서 어니스트 니어리커와 결혼.

1879년 보스턴 벨뷰 호텔.『전원 세레나데』쓰기 시작. 11월 8일 루이자 메이 니어리커 출생. 12월 29일 메이가 세상을 떠남.

1880년『전원 세레나데』출간. 여름에 콩코드에서 철학 학교 개교. 9월 루루 니어리커 보스턴 도착.

1882년 4월 27일 에머슨이 세상을 떠남.『조의 아이들』을 쓰기 시작. 가을에 브런슨이 뇌졸중을 겪음.

1883년『조의 아이들』집필.

1884년 넌큇에 있는 작은 집 구입.

1886년『조의 아이들』집필을 마치고 출간.

1888년『여자아이를 위한 화환』출간. 3월 4일 브런슨이 세상을 떠남. 3월 6일 루이자 메이 올컷이 세상을 떠남.

지은이 **코닐리아 메그스**Cornelia Lynde Meigs, Adair Aldon (1884~1973)

필명은 어데어 알던이다. 1884년 12월 미국 일리노이주 출생으로 아동 문학가이자 평론가, 영어 및 글쓰기 교사였다.『고집쟁이 작가 루이자』(1933)로 1934년에 뉴베리 상, 1963년에 루이스 캐럴 쉘프 상를 수상했으며 1973년 9월에 세상을 떠났다. 대표작으로는『고집쟁이 작가 루이자』와『아동 문학 비평의 역사A Critical History of Children's Literature』(1953)가 있다.

옮긴이 **김소연**

대학에서 영어영문학과 아동가족학을 전공했다. 홍보대행사와 IT 기업에서 기획 일을 하다가 번역을 시작했다. 한겨레 어린이책 번역 작가 과정을 수료했으며 현재 번역가 겸 브런치 작가(필명 김모지)로 활동 중이다.

고집쟁이 작가 루이자 _『작은 아씨들』작가 루이자 메이 올컷 이야기

펴낸날 초판 1쇄 2020년 9월 20일
지은이 코닐리아 메그스
옮긴이 김소연
펴낸이 이주애, 홍영완
편집 오경은, 양혜영, 백은영, 장종철, 김송은
마케팅 김태윤, 김소연, 김애리, 박진희
디자인 김주연, 박아형
경영지원 박소현
도움 교정 김소원
펴낸곳 (주)윌북 출판등록 제2006-000017호
주소 10881 경기도 파주시 회동길 337-20
전자우편 willbook@naver.com 전화 031-955-3777 팩스 031-955-3778
블로그 blog.naver.com/willbooks 포스트 post.naver.com/willbooks
페이스북 @willbooks 트위터 @onwillbooks 인스타그램 @willbook_pub

ISBN 979-11-5581-309-6 (02800) (CIP제어번호: CIP2020033731)

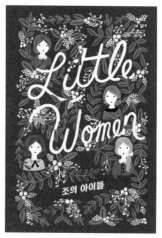

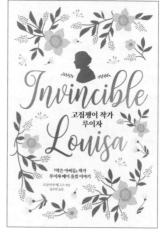